언더에이지

언더에이지

문현경

STOREHOUSE

차례

1부

구해줘

아직 어두운 새벽이었다. 시외버스들이 각자 헤드라이트를 켜고 터미널 뒷문을 바쁘게 빠져나갔다. 버스 안 기사도, 승객도, 그 누구도 여인숙 간판이 서 있는 좁은 골목에는 관심을 주지 않았다.

일 미터가 채 되지 않을 만큼 좁은 골목. 낯선 그림자가 서 있었다. 휴대 전화 속 동그랗게 돌아가는 원이 사라지고 '새 글이 작성되었습니다.'라는 알림창이 떴다. 그림자는 미련 없이 휴대 전화를 쓰레기통에 버렸다.

그때 저만치 교복을 입고 터벅터벅 걸어가는 여고생이 보였다. 소녀의 이마, 코가 보이고, 다시 발뒤꿈치가 사라지는 순간까지. 그 짧은 시간 동안, 어둠 속의 시선은 오직 소녀에게 멈춰 있었다.

1.

"유연우. 서른넷, 나이 좀 있네? 강남서 광역수사대 근무했고."

이종한 서장은 박 팀장의 의자에 비스듬하게 기대어 앉아 연우의 인사 기록 카드를 읽어 내려갔다.

"강남서면 여기 박창민 팀장이랑 같이 근무했어?"

"네. 같은 팀이었습니다."

연우는 이 서장이 자신의 이력을 읊는 사이, 사무실을 둘러보았다. '4대 악 근절', '학교 폭력 예방' 등이 쓰인 포스터와 피켓들이 눈에 들어왔다.

"뭐, 적응하는 데 어려움은 없겠군. 경찰학교에서 잘 지내는 사람, 괜히 현장 들어오라고 한 건가, 내가?"

지난주 월요일 오후, 사무실로 돌아온 연우는 책상 위에 놓인 편지 한 통을 보았다. 발신인은 '이종한'으로 쓰여 있었다. 서울종로경찰서 여성청소년과에 수사팀을 신설할 계획이며 유연우 경위의 재능과 경력이 필요하다는 내용의 편지였다.

연우는 삼 일 후 서울종로경찰서 이종한 서장을 수신인으로 답장을 보냈다. 제안에 감사드리며 여성청소년과 수사팀에 합류하고 싶다는 내용이었다. 하지만 이종한 서장은 마치 연우에 관해 아무것도 모르는 것처럼 인사 기록 카드를 꼼꼼히 살피며 질문했다.

"아닙니다. 현장 복귀, 원했습니다."

이 서장은 연우를 힐긋 쳐다보고 웃었다.

"답변이 기계적인데?"

그사이 어깨가 반 즈음은 접힌 모양새인 준배가 자판기 커피 두 잔을 작은 쟁반에 들고서 다가왔다. 긴장한 기색이 역력했다.

"서장님, 말씀하신 설탕 커피 두 잔입니다."

"어. 인사해. 이쪽은 유연우 경위. 저쪽은 전준배 순경. 앞으로 여성청소년과 수사팀에서 함께 일할 동료."

경찰학교 졸업 후 임용된 지 2년, 준배가 현장에서 본 여자 경찰은 보통 두 종류였다. 경찰 홍보물에 자주 등장하는 단정한 미소를 가진 여경이거나, 생존을 위해 자의 반 타의 반 여성성이 거세된 형사. 하지만 연우는 어느 쪽에도 속하지 않는 것 같았다.

"전준배라고 합니다. 잘 부탁드립니다."

연우는 짧게 고개를 숙이며 인사를 받았다. 준배가 엉거주춤 자판기 커피 하나를 연우에게 건네려는 찰나, 이 서장이 커피 하나를 기울여 다른 종이컵에 가득 따랐다. 그리고 연우에게 말했다.

"부암동 푸른아파트 102동 705호야. 박창민 팀장은 벌써 출동했으니까. 얘 챙겨서 튀어 가."

"네. 다녀오겠습니다."

연우는 이 서장에게 정중히 인사하고 출입문을 향해 걸었다. 준배는 손에 든 쟁반을 어찌할 줄 모르다가 캐비닛 위에 올려놓고 황급히 연우의 뒤를 따랐다. 나가면서 연우는 출입문 옆 전신 거울에 비친 이종한 서장의 모습을 보았다. 그는 커피를 마시며 자신의 뒷모습을 끝까지 응시하고 있었다.

* * *

날은 어둡고 당장이라도 비가 퍼부을 것 같았다. 습한 공기가 몸을 더 무겁게 했다. 엘리베이터를 기다리고 있을 때, 휴대 전화 화면에 발신자 '박창민'이 떴지만, 연우는 전화를 받지 않았다. 대신 가방 안에서 작은 껌 상자를 꺼내어 그 안에 담긴 알약 하나를 입에 넣었다. 한 발짝 뒤에 선 준배가 연우에게 어렵게 말을 붙였다.

"저는 계속 교통과에 있어서요. 현장이 처음입니다. 가르쳐 주시면 열심히 배우겠습니다!"

연우는 그제야 뒤돌아 준배를 돌아보았다.

"회사는 학교가 아닌데?"

"아……."

준배가 입술 위아래를 꾹꾹 누르며 멋쩍어했다.

"경찰은 왜 됐어?"

"아버지께서…… 경찰이셨습니다."

다부진 말투와 과거형 문장. 연우는 더 이상 묻지 않았다.

폴리스 라인 앞에는 현장 안을 기웃거리는 구경꾼들이 몰려 있었다. 연우는 익숙하게 구경꾼들 사이를 비집고 들어가 현장을 통제하는 경찰에게 신분증을 보여주었다. 아파트 안에는 이미 파견된 과학 수사대원들이 증거를 수집하고 있었다.

별다른 무늬 없는 흰 벽지, 수수한 원목 가구, 평범한 25평형대 서민형 아파트였다. 다른 점이 있다면 입구부터 복도를 거쳐 거실까지 핏물이 흘렀고, 거실 중앙에는 의자와 책들이 어지럽게 널려있다는 것이었다.

"왔냐? 팀 꾸린 첫날 아홉 시 땡 하고 사건 접수는 뭔 일이야?"

박 팀장은 자연스럽게 손에 든 카메라를 연우에게 넘겼다.

"잘 지내셨어요?"

연우는 넘겨받은 카메라로 거실 중앙에 널브러진 의자와 책들을 찍었다. 그리고 곧장 자신의 뒤에서 어정쩡하게 서 있는 준배에게 카메라를 넘겼다.

"인사는 이따 밥 먹으면서 하고. 동시다발로 신고가 들어왔어. 학교, 학생, 아랫집. 학교에서는 부장 선생이 출근을 안 한다. 학생들은 우리 쌤이 수업을 안 들어온다. 그리고 저 아줌마는 윗집에서 자꾸 물소리가 나고 물까지 샌다."

박 팀장이 가리키는 방향을 보니 현관 폴리스 라인 너머로 팔짱을 끼고 구경하는 아줌마가 보였다.

"그러다 경비원이 창문 너머 저 손목을 발견한 거지."

과학 수사대원들이 창백해진 손목을 증거 봉투에 담아 봉하고 있었다.

"누구 건지 나왔어요?"

"정식 지문 검사는 안 나왔는데 누구겠어? 뻔하잖아?"

연우는 잘린 손목을 촬영하는 준배 옆을 지나 화장실로 들어섰다. 욕조와 세면대에는 물이 가득 담겨 있었다. 연우는 허리를 숙여 세면대 아래를 보았다. 배수구 구멍 위에는 벽돌이 하나 올려져 있었다.

아마도 범인은 화장실 안 배수구 구멍을 막은 후 욕조와 세면대 수도꼭지를 최대한 틀고 거실 안까지 물이 넘쳐흐르게 만들었으리라. 현장을 훼손할 수 있는 좋은 방법이자 이웃의 항의를 받을 수 있는 최악의 방법이기도 했다.

화장실 소품장 안에는 휴지, 수건 등이 있었고, 전동면도기 옆에 생리대 몇 개가 놓여 있었다.

"형사과에서 맡은 사건을 왜 여성청소년과에 협조 요청을 해요?"

연우는 밖에서 고개만 내민 채 안을 살피는 박 팀장에게 물었다.

강도 살인 사건은 강력계 소관이지, 여성청소년과와는 관련이 없었다. 여성청소년과는 '4대 악 근절', '학교 폭력 예방' 등이 적힌 포스터, 피켓 같은 위치였다. 보여주기 위해 필요하지만 딱히 쓸모는 없었다.

이종한 서장이 서울종로경찰서의 새로운 서장으로 부임하며 여성청소년과에 전문성을 더한다는 명분으로 수사팀을 신설했지만, 모두가 알았다. 이는 이 서장의 정치적 이미지를 넓히기 위한 '액션'에 불과하다는 것을. 수사팀이지만 수사권을 행사할 필요가 없는 팀. 연우가 이곳으로 적을 옮긴 이유기도 했다. 서울 소재 모든 경찰서에 연줄이 닿아있기로 유명한 박 팀장 역시 모를 리 없었다.

"선생한테 딸이 하나 있는데, 그 딸도 사라졌거든. 실종자는 두 명이야. 동명여고 교사 이승구. 그리고 딸 이지원."

연우는 화장실에서 나와 박 팀장 옆에 서서 거실 책장 안 가족사진을 들여다보았다. 가로 20, 세로 10 크기의 액자 안에는 아버지와 딸의 모습이 담겨 있었다. 사람 좋은 미소를 띤 40대 중후반으로 보이는 이승구와 휠체어에 앉아 있는 마르고 하얀 얼굴의 지원. 앙상한 지원의 어깨에는 아버지의 손이 다정히 올려있었다. 연우의 눈길을 끄는 건 지원의 귀걸이였다. 작은 큐빅이 붙은 진주 귀걸이가 지원의 얇은 귓불에서 희미하게 빛났다. 어린 소녀에게 어울리지 않는 살굿빛 진주 귀걸이.

"머리 두 개를 잘못 굴리면 사건이 골로 가는데……. 아시잖아요?"

연우의 말에 박 팀장은 입이 쓴 듯 혀를 찼다.

"옛날이야기 하지 말자. 우리는 열일곱 살 이지원이 찾는 데만 협조하면 되는 거야. 미성년자는 우리 담당이 맞잖아."

박 팀장이 손가락으로 사진 속 지원을 톡톡 두드리며 말했다.

"저 방에 있는 순경 애 데리고 신고자들 조사 싹 하고 회사로 다시 들어와. 맘에 안 내켜도 전준배 사수는 너, 유연우다. 이 팀에서 대가리는 나 하나고!"

"네. 선배님."

"네, 팀장님! 하라고."

박 팀장은 거실 바닥에 피가 고인 물웅덩이를 애써 피하며 밖으로 나갔다.

그사이 준배는 이지원의 방을 살펴보고 있었다. 현관을 들어오면 바로 오른쪽에 있는 작은 방이었다. 방 안의 가구 배치는 단순했다. 문 맞은편에는 한 칸짜리 옷장이 있었고, 아파트 복도 쪽으로 창문이 난 벽에는 싱글 침대와 책상이 나란히 놓여 있었다. 책상 한 켠에 있는 데스크톱은 오래된 기종이었다. 그리고 의자가 있을 자리에 휠체어가 있었고, 바닥에 목발 하나가 널브러져 있었다. 준배는 카메라로 방 안 여기저기를 향해 셔터를 눌렀다.

"다 찍었어?"

연우가 들어와 물었다.

"네. 근데 선배님, 열일곱 살이면 학생일 텐데 교과서나 참고서가 별로 없네요."

준배 말대로 책이 많지 않았다. 방은 열일곱 소녀가 아닌 소년의 방이라고 해도 믿을 수 있을 만큼 무채색이었다. 연우가 활짝 열린 방문을 닫고 나서야 소녀의 방이 드러났다. 열린 문에 가려져 있던 벽에는 체크무늬 상의와 교복 치마가 걸려 있었다.

최초 신고자는 아파트 경비원과 605호에 사는 주부였다.

"그러니까 오늘 아침 8시 30분경에 두 분이 같이 705호로 찾아가셨다는 거죠?"

연우가 물었다.

"네. 여기 605호 여사님이 아침부터 항의를 많이 하셨어요."

경비원의 대답에 팔짱을 끼고 있던 605호 주부가 목소리를 높이며 말했다.

"아니 아침부터 항의하지, 그럼 야밤에 경비실 쫓아가요? 우리 애가 고3이에요. 수능 얼마 안 남아서 학원 갔다 와서도 새벽까지 공부하는데 어디서 물이 똑똑 떨어지는 소리가 들리는 거예요. 그 소리에 우리 애가 집중을 못 했잖아. 새벽 6시에는 어디서 또 쿵 소리가 나 가지고 나까지 깨서 바깥을 내다봤다니까? 지금 생각해보면 내가 겁도 없지. 누가 나다니는 줄 알고 문을 열어봤나 몰라. 하여튼, 애 학교 보내고 8시 즈음 돼서 올라가 초인종을 누르는데 사람 소리가 안 나더라고. 현관문에 귀를 대보니까 물소리는 나는데 말이에요."

605호 여자는 생각만으로도 소름이 돋는다며 몸을 움츠리며 떨었다.

"근데 어떤 점 때문에 신고를 하셨어요? 그 정도 소음은 이승구 씨 퇴근한 저녁에 항의할 수도 있었을 텐데요?"

연우의 질문에 경비원이 답했다.

"아침에 605호 여사님과 같이 와서 초인종을 누르는데 답이 없었습니다. 안 계시나, 출근을 하셨나, 했지요. 그 전날 저녁 여섯 시 즈음에 선생님이 퇴근하시고 들어가시는 걸 봤거든요. 제가 여섯 시에 재활용품 분리수거를 하려고 알람을 맞춰놔서 확실히 기억합니다. 그런데 현관문 아래에서 물이 조금씩 새어 나와서 복도 바닥이 젖은 겁니다. 아, 이거 큰일이다 싶은데 복도 쪽 창문이 손가락 마디 하나만큼 열어져 있는 거 아닙니까? 그래서 창문 쪽으로 손전등을 비춰봤죠. 그랬더니 방바닥에 물이 흥건하고 선지 색으로 웅덩이가 져 있더라고요. 거기 위가 작은 방 문턱이었는데 그 문틈에 손목이 툭 하니 떨어져 있는 게 보였지요."

"사람이 쓰러진 줄 아셨겠어요."

연우의 말에 경비원은 연신 고개를 끄덕였다.

"그리고 그 댁 선생님은 출근을 했어도 딸은 당연히 집에 있을 줄 알았죠."

"피해자 이지원 양은 학생이지 않나요? 등교를 했을 시간인데요."

연우의 옆에서 조용히 참고인 녹음을 하던 준배의 물음에 605호 여자는 무슨 소리냐는 듯 되물었다.

"모르나 보네? 705호 여자애, 이름은 잘 모르겠는데 하여튼 우리 딸이랑 같은 중학교 나왔어요. 공부도 꽤 잘했다는데 소아마비를 앓아서 다리를 심하게 절더라고. 어릴 때야 괜찮았지만 사춘기 오면서 공황장애가 왔다잖아, 어린 게. 그래서 다니던 중학교도 관두고, 애가 집 밖을 못 나와. 그 집 들락거리는 사람은 애 아빠랑 택배 기사밖에 없었지, 뭐."

605호 여자는 일주일 전 보았던 이지원의 모습을 기억했다. 707호에서 동 반상회가 있던 날, 605호 여자는 공과금 납부 마감 때문에 먼저 자리에서 일어났다. 복도에 나오니 705호 앞에는 택배 기사가 서 있었다. 택배 기사는 택배를 현관 앞에 두고 가겠다고 외친 후 바쁘게 8층 계단으로 올라갔다.

종종 아파트 단지 내에서 택배 분실 사고가 있곤 했기 때문에, 605호 여자는 속으로 '저렇게 문 앞에 두면 누가 훔쳐 가진 않나.' 하고 걱정을 했다. 그러면서 엘리베이터를 타기 위해 705호 앞을 지나가는데, 그때 현관문이 열렸다. 605호 여자가 호기심에 고개를 돌려 쳐다보니 반 즈음 열린 문 사이로 여자애의 얼굴이 나타났다. 하지만 흰 얼굴을 한 여자애는 생각지 못한 낯선 아줌마의 시선에 놀라서인지 택배 상자도 집지 못한 채 금방 현관문을 닫아버렸다고 했다.

"근데 아이 엄마는 같이 살지 않나요?"

연우의 질문에 여자는 갑자기 길게 눈꼬리를 빼고서 소리를 낮춰 말했다.

"여자가 좀 그랬나 봐. 교사 사모로 살 씀씀이가 아니었던 거지. 애 아빠만 안됐지 뭐. 애는 아프고, 처는 밖으로 돌고, 이런 끔찍한 일까지! 무슨 팔자가 그래?"

이어서 7층 전체 주민을 대상으로 참고인 조사를 실시하였다. 사람이 없는 집은 두 곳이었다. 704호는 한 달 전에 이사를 나가 빈 집이었고, 706호는 젊은 남자 혼자 사는 집이었는데 부재중이었다.

* * *

실종자 이승구의 근무지인 동명여고로 가는 길, 조수석에 앉은 준배는 연신 심호흡을 하며 속을 쓸어내리고 있었다.

"사람 죽은 거 처음 보니?"

"……아니요. 봤습니다."

"근데 왜 그래? 제대로 된 시체를 본 것도 아닌데."

"그냥 아까는 괜찮았는데 계속 냄새가 나는 거 같아요. 피 냄새요."

연우는 좌석 옆에 두었던 생수병을 꺼내어 준배에게 던지며 말했다.

"그냥 네가 비위가 약한 거겠지."

창의문 앞 교차로를 지날 때 휴대 전화 진동음이 울렸고, 연우는 휴대 전화의 스피커 버튼을 눌렀다.

"부암동 지문 검사 나왔어?"

- 나왔어. 잘린 손목의 주인은 이름 이승구, 나이 50세, 성별 남성.

과학수사팀 최 박사의 목소리였다.

"다른 증거물 지문 채취는?"

- 늦어도 오늘 오후까지는 모두 나올 거 같아. 형사과는 강력팀에서 이 사건 담당하는 거 같던데, 들었어?

"그쪽으로 넘어가는 증거, 우리 수사팀에도 똑같이 공유해 줘."

- 여전하네. 서로 복귀하고 연락해.

"응."

연우가 전화를 끊자 조수석에 앉은 준배가 물었다.

"두 분, 아시는 사이신가 봐요?"

"왜 그렇게 생각했는데?"

준배는 조금 머뭇거리다가 연우의 질문에 답했다.

"선배님 휴대 전화에 이름도 저장이 안 되어 있는데 전화 받자마자 부암동 지문 검사 나왔냐고 물어보시는 게 이전에도 아는 번호 같아서요."

"또?"

"또 두 분 다 말이 짧아서요."

연우는 슬며시 웃음이 나왔다.

"추리 놀이하니? 교통과에서 그런 거 가르쳐?"

연우의 말에 순간 준배가 발끈하며 말했다.

"교통과에서도 많이 배웠습니다. 저는 강력과, 교통과, 여성청소년과 이렇게 줄 세우는 거 중요하지 않다고 생각합니다. 우리 경찰은 평범한 사람들의 일상을 지키는 게 가장 중요한 일이잖아요."

"됐고. 일단 학교 가면 경찰서에 전화했던 여고생들 연락하고 참고인 조사할 수 있게 적당한 곳 하나 빌려 놔. 내리자."

"네."

연우와 준배는 교문 안 경비실에 들러 경찰 신분을 밝히고 건물 안으로 들어섰다. 동명여고는 같은 재단 소속인 동명고와 이웃한 학교로, 두 학교 모두 강북에서는 명문대 진학률이 높은 명문고로 손꼽혔다.

연우는 우선 교무실을 찾아 간밤에 있었던 사건에 대해 설명하고 이승구와 함께 근무한 교사들과 짧은 면담을 가졌다. 이승구는 주로 1, 2학년을 가르치는 사회과 교사라고 했다. 담임을 맡는 반은 없었고 인성지도부 부장 자리를 겸임하고 있었다.

동료 교사들의 평도 한결같았다. 성실하고 점잖으며 사람 좋은 참 교사. 사라진 동료, 어쩌면 죽었을지도 모를 남자에 대해 예의상 하는 말이 아니었다. 진심으로 놀랬고 가슴 아파했다.

혹시 평소 사이가 좋지 않았거나 원한 관계가 있거나 채무 등의 이유로 협박을 받은 일은 없었는지 묻는 질문에도 그럴 리가 없다며 고개를 저었다. 늦은 나이에 교사로 부임했음에도 학생들과 동료들에게 허물없이 친근히 다가선 사람이라고 했다. 그들의 말처럼 이승구는 선량한 시민이거나 아니면 그들 누구도 이승구를 모르거나, 둘 중 하나였다.

학생들과 참고인 조사를 하기로 한 곳은 과학실이었다. 연우가 문을 열고 들어서자 교복을 입은 여학생 두 명이 일어나 마치 선생님을 보듯 인사를 했다. 학생들은 긴장된 표정이 역력했다.

"이승구 선생님 실종 신고한 친구가 누구예요?"

"저요."

왼편에 앉은 단발머리 여학생이 손을 들었다.

"왜 실종 신고를 했어요?"

"다른 선생님들은 사회 쌤이 개인 사정으로 며칠 휴가라고 하셨는데 좀 이상해서요."

"사회 쌤은 무단결근할 사람이 아니거든요. 고리타분한 면이 있긴 하지만 착하셨어요."

조용히 옆에 앉아 있던 다른 여학생이 거들며 말했다. 마치 같은 반 친구에 대해 말하는 듯 친근했다.

"뭐가 이상했는데요?"

연우는 단발머리 여학생의 말을 놓치지 않고 되물었다. 두 여학생은 서로 시선을 주고받다가 결심한 듯 휴대 전화 하나를 책상 위에 내밀었다.

"이게 사회 쌤 페이스북인데요. 쌤이 머리에 총 맞지 않는 한, 이런 말을 할 사람은 아니거든요."

연우가 휴대 전화를 집어 든 순간, 과학실 문이 열리고 중년 남자가 들어왔다. 남자는 자신이 동명여고 교감이며 책임자와 대화를 하고 싶다고 말했다. 상급 관리자가 책임자를 찾는 일은 좋은 징조가 아니었다. 연우는 준배를 내보내고 휴대 전화 화면에 집중했다.

〈미친 새끼가 이제 와서 살려 달래? 너무 늦었어.〉

화면 속 글의 작성일은 2019년 10월 19일 오전 6시 44분. 오늘 아침에 올라온 글이었다.

"처음 보고 이상하다 싶어서 해킹인가 했는데, 그 뒤로 학교에 안 오시니까요. 그래서 경찰서에 전화한 거예요."

연우는 이승구의 페이스북 페이지를 넘겨보았다. 시나 소설의 문구, 학생들과 찍은 단체 사진 등이 올려져 있었다. 친구 프로필 사진을 보면 주로 졸업한 제자들이나 재학생들과 연락하는 용도인 듯했다.

"이승구 선생님이 학생들 사이에서 인기가 많았나 봐요?"

연우의 질문에 학생들은 동시에 고개를 끄덕였다.

"네. 축제 때 인기 투표하면 항상 1등이고, 졸업생 언니들도 선생님 자주 찾아와요."

"혹시 이승구 선생님이 가족 이야기나 딸 이야기도 했어요?"

단발머리 여학생이 실종자 이지원에 대한 이야기를 떠올렸다.

"아! 딸이 몸이 아파서 검정고시 준비한다고 그랬던 거 같아요."

연우가 이지원에 대해 질문을 하려는 순간, 과학실 문이 벌컥 열렸다. 아까 책임자를 찾던 교감이 붉어진 얼굴로 들어왔다. 그리고는 두 학생에게 수업 종소리 못 들었냐며 당장 교실로 올라가라고 소리를 질렀다.

* * *

"경찰들이 학교 드나들고 그러면 교장, 교감 같은 관리자 입장에서는 짜증 나는 거지."

박 팀장은 당연한 일이라는 듯 증거 물품 사진을 넘겨보며 훈수를 뒀다. 그러다 피해자 이승구의 잘린 손목 사진에서 멈췄다.

"잘린 손목은 이승구라고 신원 확인이 됐어. 손목을 자르고 그 딸까지 데려갈 정도면 이건 원한 관계인데⋯⋯ 이 선생, 평판이 좋단 말이지. 별거 중인 이승구 부인은 연락됐어?"

"아뇨. 일 년 전에 가출했고 행방을 아는 사람이 없어요. 신고자였던 아래층 아줌마 말로는 여자가 평소 행실이 좋지 않았대요."

연우가 이승구의 아파트 구조도가 그려진 화이트보드 칠판에 관련 사진들을 붙이며 말했다.

"CCTV는?"

"저기요."

연우가 손가락으로 가리킨 방향에는 준배가 네 시간째 푸른아파트 102동 입구와 엘리베이터 CCTV 녹화본을 확인하는 중이었다. 푸른아파트는 거주민 주차 스티커가 없는 차량의 경우에는 단지 앞 경비실 출입 대장에 업체나 개인 이름, 연락처를 적어야 출입이 가능했다.

"이승구가 마지막으로 목격된 시간이 10월 18일 18시. 목격자는 경비원. 평소처럼 정시 퇴근을 한 이승구는 차를 주차하고 아파트로 들어갔어요. 그리고 아래층에서 쿵 소리를 들었다는 게 19일 06시 무렵이에요. 그전에는 물소리만 들렸고요. 일단 CCTV는 18일 18시부터 다음날 19일 06시까지를 사건 발생 시간으로 추정해서 살펴보고 있습니다. 근데 팀장님, 현장에 제일 먼저 도착했다고 하셨죠?"

"그랬지. 나하고 형사과 최 반장이 같이 문 따고 들어갔으니까."

"현장에 휴대 전화 없었어요?"

"휴대 전화?"

박 팀장이 연우의 질문에 심각하게 되묻고, 증거 물품 사진을 다시 처음부터 뒤적거렸다.

"없었어. 그건 왜?"

"여고생들이 보고 신고한 페이스북 글이요. 올린 시간이 오늘 06시 44분이에요. 아이피도 이승구 휴대 전화가 맞고요."

"그럼 범인이 범행을 저지르고 난 후에 피해자 페이스북에 과시용으로 올린 걸 수도 있다? 이 말이야?"

연우는 대답 대신 화이트보드 한쪽에 이승구와 이지원의 가족사진을 붙였다. 그리고 사진 속 이지원의 어깨에 올려진 이승구의 오른손을 가리켰다. 지금은 잘린 채 증거 물품으로 남겨진 피해자 이승구의 오른손.

"그럴 수는 있는데…… 왜 손을 잘랐을까요?"

화면만 보던 준배가 불쑥 끼어들어 물었다.

"대놓고 보란 듯이 손목을 자르질 않나, SNS에 인증을 하질 않나. 야! 현재 공식적인 스코어는 피해자 둘. 범행 추정 시간은 꼬박 열두 시간. 유연우, 네 생각은 어때?"

"방바닥 봤잖아요. 그 정도 출혈이면 이승구는 살아서 현관을 나가지 못했을 거예요."

연우가 두 번 생각할 것도 없다는 듯 답했다.

"여자애는요? 애도 죽었을 수 있잖아요."

준배의 질문에 연우가 황당한 표정을 지으며 되물었다.

"사체 두 구를 무슨 수로 CCTV를 다 피해서 옮겨?"

푸른아파트 102동에서 CCTV에 걸리지 않고 빠져나갈 수 있는 방법은 두 가지였다. 비상구 계단을 이용하거나 베란다로 뛰어내리거나. 하지만 비상구 계단과 베란다는 이미 형사과에서 조사한 후였다. 어디에도 혈흔이나 수상한 흔적이 남아 있지 않았다. 박 팀장 역시 그 사실을 모르진 않았다.

"그럼 다리 절뚝거리는 애는 뭐 하러 귀찮게 데리고 나가냐? 아직까지 몸값 요구도 없었잖아……. 이거 어때? 강도질을 하려고 들어왔어! 근데 막상 값나가는 게 없는 거야. 공무원이 그렇지 뭐. 그래서 홧김에 이승구를 죽이고! 그 딸 이지원은 팔아먹으려고 데려갔나……?"

박 팀장의 말투는 점점 자신이 없어졌다.

"아냐, 와이프가 제일 의심스럽지 않냐? 오선숙 말이야!"

연우는 박 팀장의 말과 상관없이 말했다.

"가정 첫 번째, 범인은 아버지와 딸을 모두 죽였다. 사체 두 구의 무게가 상당하므로 용의자는 두 명! 하지만 여기서 드는 의문! 왜 굳이 사체를 옮겼는가? 두 번째, 범인은 아버지만 죽였다. 다리가 불편한 딸은 인신매매로 팔아버릴 생각이다. 그런데 왜 이승구 사체를 손목만 남기고 챙겨서 사라졌나? 세 번째, 범인은 누구도 죽이지 않았다. 이승구는 오른손이 잘린 채로 딸과 어딘가에서 살아있다. 뭐가 마음에 드세요?"

박 팀장과 준배 모두 연우가 던진 세 가지 가정을 고민했지만, 어느 하나 딱 들어맞는 그림이 없었다.

* * *

밤 아홉 시가 넘어가는 시각, 여성청소년과 수사팀 사람들은 엉터리 고깃집에서 늦은 저녁을 먹고 있었다.

"일단 밥 먹고 생각하자. 다 먹고 살자고 하는 짓인데 말이야. 나는 혼자 살아서 더 잘 챙겨 먹어야 해. 이모! 여기 갈빗살 이 인분 추가하고 소주 한 병 더요!"

"아직 가족들 한국 안 들어왔어요?"

"팀장님 혼자 사세요?"

불판 위 고기를 뒤집던 준배가 의아하게 물었다.

"기러기 아빠시잖아."

박 팀장이 소주잔을 비우는 사이 연우가 대신 답했다.

"아직이 뭐냐? 막둥이 대학 공부까지 끝내려면 십 년은 더 해야 해. 나 같은 기러기는 이럴 때 고기를 먹어둬야 한다고. 첫 회식이 옹색하지만 먹어, 먹어."

박 팀장은 집게를 들어 연우와 준배의 앞 접시에 구운 고기를 올려주었다. 식탁 위 준배의 휴대 전화에 '집'이라는 글씨가 뜨자, 준배는 휴대 전화를 들고 가게 밖으로 나갔다. 차갑게 반 즈음 언 소주가 새로 오자, 박 팀장이 연우에게 술을 따라 주었다.

"5년 전에 팀 해체될 때 우리가 또 이렇게 만나게 될 줄 알았냐? 반갑다."

연우는 슬며시 미소를 짓고 소주잔을 입에 털어 넣었다.

"선배님은 왜 이 팀에 오셨어요?"

"응?"

"지원해서 오신 거라고 들었어요."

박창민 팀장은 5년 전 연우와 같이 강남경찰서 광역수사대에 근무했고, 그 사건 이후 서울종로경찰서 형사과로 자리를 옮겼었다.

"나도 승진 시험 준비해야지. 여성청소년과면 한직 중의 한직 아니냐? 종로구에 초중고가 몇 개나 돼? 아, 물론 첫날 이렇게 사무실 출근 전에 현장 뛸지는 몰랐지만."

박 팀장은 특유의 익살스러움으로 고개를 절레절레 저으며 술을 비웠다. 그리고 무심한 말투로 연우에게 물었다.

"너, 약 먹던 건 괜찮냐?"

"네. 이제 괜찮아요."

연우가 애써 담담히 말했다.

“그래. 치료 너무 길어지면 나중에 승진 어렵다? 그런 게 다 알게 모르게 흠이 되는 거야. 이 바닥 소문이 좀 빨라야지…… 여기에서 쉬엄쉬엄 조심히 지내자고.”

박 팀장은 연우의 어깨를 툭툭 치다가 가게 문밖에서 통화하는 준배를 힐긋 쳐다보며 말했다.

“저거, 저거! 낙하산이 선배들 어려운지 모르고.”

“낙하산이요?”

연우가 되묻자, 순간 박 팀장의 표정이 미묘하게 머뭇거렸다.

“그때 서울지방경찰청에서 우리한테 협조 요청했던 전 형사 기억나냐? 전준배가 그 아들이잖아.”

연우가 문 너머 준배를 물끄러미 보다가 가방을 챙겨 일어났다.

“어디 가?”

“이승구 옆집 남자 만나러 갔다 올게요.”

“야! 집 나간 이승구 와이프를 찾으라고!”

박 팀장이 연우의 뒤통수를 보고 소리쳤다.

“집 나간 와이프는 우리가 안 해도 형사과에서 찾아낼 거예요.”

준배는 먼저 자리에서 일어나는 연우를 보며 인사했지만, 연우는 굳은 표정으로 자리를 떠났다.

2.

엘리베이터 문이 닫히고, 1, 2, 3…… 표시판의 숫자가 하나씩 올라갔다. 5년 전, 그 사건만 아니었다면. 연우는 그날 이후 몇 번이나 돌이킬 수 없는 가정을 세우고 허물기를 반복했는지 모른다. 하지만 다 소용없는 일이었다. 죽은 사람은 살아 돌아오지 않는다. 사라진 사람도 나타나지 않았다. 7층에 도착했다는 알람음이 울리고 엘리베이터 문이 열렸다.

사방이 어두웠다. 연우가 한 발을 내디디고 나서야 천장 위의 센서 등에 노란 불이 들어왔다. 늦은 밤은 아니었지만 어디서도 텔레비전 소리나 가족들의 대화 소리, 갓난아이의 웃음소리조차 들리지 않았다.

코너를 돌아 복도에 들어서자 멀리 노란 천장 등 하나가 켜진 게 보였다. 센서 등은 각호의 현관문 앞에 달려있다. 그런데 유일하게 705호 앞에만 노란 조명 불빛이 켜져 있었고, 현관 앞에 쳐두었던 폴리스 라인이 바닥에 떨어져 있었다.

의심스러운 상황을 감지한 연우는 그 자리에 멈춰 섰다. 1, 2, 3…… 705호 앞 센서 등이 꺼지고 깊은 적막이 흘렀다. 분명히 7초 전에 누군가가 705호 안으로 들어간 게 분명했다. 연우는 짧은 한숨을 내쉬고 허리춤에 찔러두었던 권총을 꺼내어 쥐었다. 그리고 조용히 705호로 다가갔다.

현관문은 조금 열려 있었다. 연우는 문틈 사이로 이승구의 아파트 안을 살폈다. 이내 키 170cm 정도 되어 보이는 남자의 뒷모습이 보였다. 남자의 손에는 휴대 전화가 들려 있었고 아파트 안 구석구석을 촬영하듯 비추고 있었다. 남자는 뒤에 선 연우를 눈치채지 못한 채 계속 뭐라 뭐라 중얼거렸다.

"아까 노란 거, 그래! 그게 폴리스 라인이라고. 병신들아. 내 덕에 좋은 구경하는 거지, 너네. 어디서 살인 사건 현장을 구경해?"

연우는 권총을 장전하고 더욱 몸을 낮추며 남자에게 다가갔다. 그러자 남자의 휴대 전화 화면으로 빠르게 올라가는 채팅 창이 작게 보였다. 남자의 얼굴에 화면 빛이 반사되어 새하얗게 빛났다. 깜깜한 아파트와 대조되어 더욱 기이했다.

"뻥 아니라니까! 여기 살던 일가족이 몰살됐다고, 어제……. 와 씨, 바닥 끈적여. 장난 아니다. 불 켤까?"

남자가 휴대 전화에 얼굴을 더욱 가까이 들이댔다.

"뭐? 내 뒤에 뭐가 있어? 새끼들! 장난치지 마!"

연우는 조용히 오른손을 뻗어 권총을 남자의 어깨를 향해 겨누었다. 그리고 말했다.

"두 손 올리고 바닥에 엎드려!"

천천히 뒤를 돌아보던 남자는 연우를 보자마자 너무 놀라 비명도 지르지 못하고 다리가 풀려 넘어졌다. 바닥에 떨어진 휴대 전화 화면은 여전히 반짝이고 있었다.

* * *

남자의 주민등록상 이름은 양세형, 스스로는 비제이 샌드라고 소개했다. 연우가 만나려고 했던 706호에 사는 남자였다. 경찰서 심문실 탁자를 두고 마주 앉은 연우와 샌드. 연우는 능숙하게 노트북 자판을 두드리며 조서 작성을 서둘렀지만, 샌드는 연신 자신은 그저 방송을 위해 705호에 들어간 것이라고 항변했다.

"진짜라니까요! 저는 그냥 방송하려고 들어간 거예요! 제 거 구독하는 애들한테 재미있는 거 보여주려고……."

순간 연우가 샌드의 말을 자르며 낮은 목소리로 물었다.

"재밌어? 사람이 실종된 게?"

"아니요…… 제가 말을 실수한 거 같습니다."

연우의 차가운 말투에 샌드는 주눅이 들어 고개를 움츠렸다. 그러곤 입이 바짝바짝 타는지 연신 빈 생수통을 입에 가져갔다.

"주거 침입. 그것도 실종 사건이 발생한 장소로. 한밤중에."

"저기요! 형사님! 정말 오해예요. 남의 집 들어간 건 잘못한 게 맞는데요. 그게!"

"10월 18일 18시부터 19일 06시까지 어디서 뭐 했어?"

연우가 부암동 부녀 실종 사건의 추정 시간 동안 샌드의 행적에 대해 묻자, 샌드의 눈과 입이 커졌다.

"지금 저를 의심하는 거예요? 저 진짜 게임 했어요! 제가 게임 방송하면 최소 300명은 들어오거든요? 걔들한테 물어봐요! 아니다! 유튜브 올리려고 녹화했으니까 노트북! 노트북 줘 봐요. 지금 바로 보여줄게요!"

샌드는 수갑이 묶인 손으로 아랑곳하지 않고 연우에게 노트북을 달라고 연신 손짓했다. 연우는 샌드의 자신 있는 태도에 노트북 화면을 돌려 샌드 앞에 내밀었다.

샌드는 아프리카 방송에 로그인한 후 지난 방송 게시판으로 들어갔다. 자신이 찾던 동영상을 발견한 샌드는 연우를 향해 씨익 웃으며 화면을 가리켰다. 연우는 노트북 화면에 켜져 있는 게임 방송 목록 중 가장 최신 글을 클릭했다.

좀비 게임 썸네일 아래 플레이 타임을 확인해 보니 동영상은

2019년 10월 19일 오전 0시 20분부터 4시까지 약 3시간 30분 분량이었다. 연우는 이어 아랫글을 클릭했다. 동영상은 2019년 10월 18일 21시부터 23시 50분으로 기록되어 있었다.

"맞죠? 경찰님! 이제 제 말 믿으시죠?"

"시간이 비잖아."

"네?"

의기양양하던 샌드의 표정이 굳었다.

"18일 23시 50분부터 19일 0시 20분까지. 30분이 비어. 네가 어디서 뭘 했는지 입증할 수 없는 시간, 30분 말이야."

"그게…… 잠깐 방종, 그러니까 방송 종료한 건데."

연우는 조용히 오른손 검지를 입술에 가져다 대고, 두 번째 게임 방송 동영상을 종료 3분 전으로 맞추어 재생시켰다. 모니터 속 좀비를 죽이며 한껏 흥분한 샌드의 목소리와 자판을 두드리는 소리가 크게 들렸다. 그리고 그 안에 희미하게 섞여 나오는 여자 목소리. ……도와주세요.

연우는 가는 여자 목소리가 들리자마자 샌드를 올려다보았다. 샌드는 눈을 질끈 감고 깊은 한숨을 내쉬었다. 연우는 음성 크기를 최대로 높인 후 다시 재생 버튼을 눌렀다. 더욱 선명하게 여자 목소리가 들렸다.

- ……도와주세요.

틀림없이 공포감에 떠는 여자 목소리였다.

- 아이 씨!

마이크를 가까이 두고 있던 샌드의 욕설이 이어졌다. 그리고 무엇인가 여자의 입을 막은 것처럼 터지지 못한 비명이 작게 들린 후 동영상은 종료되었다. 연우가 샌드를 집요하게 노려봤다. 이제 샌드가 답할 차례였다. 그날 밤, 무슨 일이 있었는지.

"집에 게임 하는 방이 따로 있어요. 그날도 문 다 닫으면 답답하니까 복도 쪽 창문을 반 정도 열어두고 게임 방송하고 있었거든요. 파이널 깨려고 초집중하고 있는데 갑자기 느낌이 쌔한 거예요. 아니나 다를까 누가 '도와주세요!' 하는데 고개를 돌려보니까 705호 다리 저는 그 여자애더라고요. 우리 집 창문 방범창을 꽉 잡고 서 있는데 순간 너무 소름이 돋더라고요."

"그래서?"

연우가 샌드를 재촉했다.

"그래서…… 창문을…… 닫았어요. 문이 닫힐 때 저를 보는 여자애 눈빛이 원망하는 거 같긴 했지만…… 어쨌든 제가 창문을 닫자마자 여자애 머리를 누가 낚아채더라고요. 창문에 가려져서 뿌옇게 실루엣만 보였지만 여자애가 비명도 못 내고 끌려갔죠, 뭐. 그렇게 쓰레기 보듯 보지 마세요! 경찰에 신고해야겠다는 생각을 안 한 건 아니에요. 책상 위에 올려놓은 휴대 전화를 집으려다가 그제야 마이크 켜둔 게 생각나서 허겁지겁 방송부터 껐다고요. 집에 있기도 찜찜하고……. 그러고 바로 피시방 갔어요. 푸른아파트 길 건너 상가 이 층 피시방이요. 거기 알바생한테 물어봐요."

연우는 사무실에서 야근 중인 준배에게 전화를 걸어 사건 당일 자정을 전후하여 푸른아파트 엘리베이터와 입구 CCTV에 샌드가 찍혔는지 확인하라고 지시했다.

"피해자가 납치되는 걸 목격했다는 거잖아?"

"몰랐죠. 그때는……."

샌드는 눈을 피하며 얼버무렸다.

"신고를 했어야!"

연우가 소리를 지르자 샌드는 즉각 반박했다.

"원래 옆집 아줌마랑 아저씨랑 맨날 싸우는지 여자 우는 소리도 많이 들렸어요! 그때마다 신고해요? 경찰에? 물론…… 어제는 되게 놀라긴 했는데…… 남의 집 일이잖아요."

"남의 집 일? 이제 열일곱이야. 열일곱 살 여자애가 남의 집 창문에 매달려서 도와달라고 애원하는 게 흔해?"

"그렇긴 한데…… 누가 그런 일에 엮이고 싶어 하냐고요. 아, 진짜 재수 없게……."

재수 없다는 말에 연우는 파일 안에서 이승구와 이지원의 사진을 꺼내어 샌드에게 던졌다.

"재수 없어? 네가 이 사람들보다 더 재수 없고 억울해?"

샌드는 자신 앞에 떨어진 이지원의 사진을 보다가 금세 고개를 돌렸다. 이윽고 노크 소리가 들리고 준배가 들어와 사진 한 장을 건넸다. 샌드가 외투 주머니에 손을 찌른 채 아파트를 빠져나가는 CCTV 캡처였다. 캡처 하단에 찍힌 시각은 10월 19일 00시 01분. 샌드가 진술한 그대로였다.

자취방에 돌아온 연우는 옷도 갈아입지 않은 채 침대에 엎드렸다. 얼마나 눈을 붙였을까. 몸이 심연으로 가라앉는 듯 무겁게 느껴졌다. 연우는 이불을 안고 고개를 파묻은 채 크게 숨을 들이켰지만 거친 호흡을 조절하기 힘들었다. 급하게 침대 옆 서랍에서 라벨이 붙지 않은 약통을 꺼냈다. 그 순간, 전화벨이 울렸다.

- 선배님, 너무 이른 시간에 죄송합니다.

준배였다. 탁상시계를 보니 새벽 5시를 조금 넘긴 시각이었다. 연우는 거친 호흡을 숨기며 말했다.

"용건만."

- 피해자 이승구 사체가 발견됐습니다.

"어디서?"

- 여의도 한강 둔치에서요. 지금 현장으로 출발하려고요.

"현장에서 보자."

연우는 약통을 내려놓고 서둘러 외투를 집어 들었다.

* * *

동서울터미널 대합실에는 버스를 기다리는 무료한 승객들이 저마다 의자에 앉아 있었고, 한쪽 면에 있는 텔레비전에서는 정오 뉴스가 나오고 있었다.

- 부암동 부녀 실종 사건에 관한 소식입니다. 경찰은 함께 실종된 딸 이지원 양을 찾기 위해 공개수사에 나섰습니다. 다음은 경찰의 수사 발표 내용입니다.

화면 속 박 팀장이 준비된 자료를 읽어 내려갔다.

- 부암동 부녀 실종 사건을 조사하던 중 실종된 부녀 중 아버지 이 모 씨의 사체를 발견하였습니다. 오늘 새벽 여의도 한강 둔치 부근에서 검은 비닐봉지에 싸인 채 발견되었으며, 현재 사체는 국립과학수사연구소에서 부검 중이 있습니다. 저희 경찰은 함께 실종된 딸 이지원 양에 대한 수사를 공개수사로 전환하였습니다. 이름 이지원, 나이 17세, 성별 여, 특이사항으로는 어린 시절 소아마비를 앓아 걸음걸이가 불편합니다. 딸인 이지원 양의 행방에 대해 아시는 분들은 서울종로경찰서로 제보 부탁드립니다.

박 팀장을 향해 연신 카메라 플래시가 터지고, 기자들의 질문이 이어졌다.

- 경찰이 더 일찍 공개수사를 했어야 한다는 여론에 대해서는 어떻게 생각합니까?

- 사건 발생 24시간이 지났습니다. 이지원 양의 생존 가능성은 어떻게 보십니까?

- 저희 경찰로서는 모든 가능성을 열어두고 수사에 임하고 있습니다.

화면이 바뀌고, '부암동 부녀 실종 사건'이라는 타이틀과 함께 이지원의 사진과 신상 정보, 특이사항, 제보 전화번호가 공개되었다. 앳되고 파리한 이지원의 얼굴보다 '소아마비를 앓아 걸음걸이가 불편하다.'라는 붉은 글씨가 더 눈에 들어왔다.

박 팀장과 연우, 준배는 경찰서 근처 백반집에서 점심을 먹고 있었다. 자리에 앉자마자 박 팀장은 캐나다에 있는 딸과 화상 통화를 하느라 정신이 없었다. 준배는 박 팀장의 통화를 부러운 듯 쳐다봤다.

"너무 등신 같냐? 너도 자식 낳으면 나처럼 될걸? 아부지한테 잘해. 자식은 무조건……."

박 팀장이 멋쩍게 웃으며 말하다가 준배 아버지가 돌아가신 사실을 깨닫고 급하게 말을 삼켰다. 그러곤 어색해진 분위기를 돌리려 준배에게 비제이 샌드 이야기를 꺼냈다.

"비제인지 뭔지 하는 옆집 남자는 아직 서에 잡아 놨지?"

"네. 점심은 시켜주고 왔어요."

"옆집에서 살인 사건이 일어나는 건, 그래! 모를 수도 있다 쳐. 근데 어떻게 지 방 창문을 두드리는 애를 모른 척하냐? 하여간 옛날에는 이웃끼리 정도 있고 그랬는데 다 각박해져 가지고. 근데 유연우! 너 아직도 이승구 와이프는 못 찾았어?"

박 팀장의 질문에 연우가 숟가락을 내려놓았다.

"일 년 전 가출한 이후로 행방이 묘연해요. 친정이 제주도인데 부모님 두 분 다 돌아가신 이후로는 오빠 내외하고도 연락이 뜸했나 봐요. 금융 거래도 십 년 전 내역만 있지. 가계 경제권을 이승구가 가지고 있었던 것 같아요. 집, 자동차, 통장들…… 다 이승구 명의예요."

"그런 집이 있지. 우리 집도 다 내 카드로 긁는데, 뭘. 야! 전순경아. 이거 밥값 계산해."

"네!"

준배가 서둘러 호주머니 속 지갑을 꺼내는데 지갑 아래로 증거 봉투 하나가 바닥에 떨어졌다. 구겨진 포스트잇이 담긴 증거 봉투였다. 준배는 떨어진 내용물을 보지 못하고 계산대로 향했고, 연우가 대신 주워 펼쳐 봤다. 포스트잇에는 '24180'이라는 숫자만 쓰여 있다.

"이거 뭐야?"

연우의 손에 들린 증거 봉투를 보고서야 준배는 자신의 실수를 깨닫고 사색이 되었다. 숫자가 적힌 포스트잇은 이승구 아파트 현장 조사 때 거실 틈에서 주운 증거물 중 하나였기 때문이다.

"선배님, 죄송합니다. 그게……."

"너 지금 증거 물품 등록 안 한 거야?"

연우는 유리문 밖을 쳐다봤다. 박 팀장은 이미 백반집 밖에서 식후 땡을 위한 담배를 찾고 있었다. 연우는 증거 봉투를 다시 준배의 외투 주머니에 넣었다.

"국과수는 나 혼자 간다. 너는 이거 등록하고, 지문 의뢰까지 맡겨 놔."

연우는 더없이 차갑게 말한 후 준배 옆을 지나쳐 나갔다.

* * *

부검실 가운데 누여져 있는 이승구 사체에는 얇은 흰 천이 덮여 있었다. 연우는 사체의 오른손을 보았다. 팔 아래 잘린 손이 놓여 있었다. 피해자의 신원을 숨기기 위해 손목을 감춘 사건은 종종 있었지만, 현장에 잘린 손목만 발견된 경우는 드물었다. 범인은 왜 그랬을까? 유독 '왜'라는 질문이 많이 드는 사건이었다.

"형사과에서 다녀갔지?"

부검의 최 박사는 고개를 끄덕이며 마지막 샌드위치 조각을 입에 구겨 넣었다.

"왔다 갔지. 그래서 내가 지금 밥도 못 먹고 이런 거 먹잖아."

연우는 강남경찰서 광역수사대 근무 때부터 최 박사를 알고 지냈다. 의외로 여초 회사인 국과수에서 최 박사는 남녀노소 불문하고 살갑게 대하는 흔치 않은 남자였다. 그는 연우보다 한 살 위였지만 두 사람은 친구처럼 지내기로 했다.

"사망 추정 시간은?"

"역시 형사들은 그걸 제일 먼저 묻더라. 위에 남은 음식물이 거의 소화된 거로 봐서 19일 자정 전후 2시간으로 추정돼."

"사인은?"

"사인은 과다 출혈인데 좀 복잡해. 일단 가는 끈으로 목을 졸랐어. 아마도 뒤에서 끈을 잡아당겼겠지."

최 박사는 사체의 목 부분을 가리켰다. 연우의 눈으로 목 옆에 난 칼자국이 들어왔다.

"이 칼자국은?"

"목을 조르는 걸 실패해서 칼을 사용한 거 같아……. 끈 자국 긁힌 거 보면 피해자 저항이 꽤 있었던 거 같거든? 참 반듯하게도 잘랐다."

최 박사가 잘린 손목을 들고 단면을 가까이 들여다봤다.

"손은 사후에 자른 거지?"

"아마도."

연우는 다시 머리부터 발끝까지 사체를 살펴보았다.

"머리나 어깨에 이 상처들은 뭐야?"

"크게 충격이 가해진 거 같은데 사후에 생긴 상처야."

"사후에?"

최 박사는 엑스레이 두 장을 연우에게 건넸다.

"척추랑 어깨가 골절됐어. 떨어진 거지. 누가 떨어트렸거나. 아까 자기가 이야기한 머리랑 어깨 쪽 상처도 그래. 살아서 퍽! 하고 친 거라면 피가 뭉쳤을 텐데, 깨끗하잖아?"

최 박사의 말대로 골절은 되었지만, 멍 자국은 거의 없었다.

"이건 이미 사후경직이 일어난 후에 생긴 상처야."

형사과 증거 자료에 따르면 베란다나 1층 화단에는 별다른 흔적이 발견되지 않았다. 하지만 발견된 사체는 목, 손목, 다리가 밧줄에 묶인 채로 커다란 비닐봉지로 둘둘 말려 미라처럼 봉해진 상태였다. 사람이 추락할 경우 무게 때문에 머리 쪽이 먼저 바닥에 닿는 게 일반적이었다. 이승구를 죽인 후 베란다로 던졌다면, 그렇다면…….

"딸은 실종 상태야. 피의자가 두 명일 거라고 생각했는데, 한 명일 수도 있겠다……. 이승구를 베란다로 먼저 던져 놓았다면 혼자서 여자애 하나 데리고 나가기는 어렵지 않았을 테니까."

연우는 혼잣말을 하며 생각을 정리했다.

"아! 사체 어깨, 팔, 발목에서 지문이 하나 나왔는데. 피해자 것은 아니야."

"발목?"

연우가 의아하게 물었다.

"응. 발목. 발목 안쪽에서 나왔어. 좀 뭉개지긴 했는데. 일단 내가 데이터 의뢰 보냈어. 바로 사무실 팩스로 들어갈 거야."

박 팀장은 의자에 앉아 지문 검사 결과지를 보며 투덜거렸다.

"지문 결과가 나오면 뭐하냐. 용의자가 있어야 대조라도 해보지. 공개 수배를 해도 전화 한 통이 없고."

검출된 지문으로 전과 이력이 있는 범죄자 데이터에 입력하여 비교해 보았지만 일치하는 사람이 없었다.

"유연우! 이승구 와이프는?"

연우는 박 팀장의 질문에 대꾸 없이 캐비닛에서 흰색 밧줄을 꺼냈다. 그리고 준배를 불러 세웠다. 준배의 키는 연우보다 반 뼘 정도 더 컸다.

"CCTV에 이상한 거 없었어?"

"있었습니다. 푸른아파트 관리 사무소에서 외부 차량을 기록한 대장이랑 CCTV를 비교했는데요. 기록에 없던 '바른 택배'라고 쓰인 조끼를 입은 남자가 102동 엘리베이터 CCTV에 찍혔어요."

"시각은?"

"19일 0시 5분경이었습니다. 저, 선배님?"

그때 연우가 준배의 뒤에 서서 갑자기 밧줄을 들어 준배의 목에 감았다.

"선배님, 왜 이러세요!"

깜짝 놀란 준배가 뒤돌아 연우의 양손을 잡고 저지했다. 그러자 연우가 고개를 끄덕였다.

"피해자의 키가 더 크니까 밧줄을 양손으로 당긴 상태에서 목에 걸기가 쉽지 않네. 차이가 나는 키만큼 팔을 번쩍 들어야 하고, 밧줄을 내리면서 이미 피해자의 시선에 노출이 되니까 반격을 당할 수도 있고……."

연우는 혼자 중얼거리다 다시 준배를 뒤돌아서게 했다.

"이번에는 무릎 살짝 구부려봐."

기합 자세처럼 무릎을 구부려 앉은 준배의 목 위에 연우는 다시 밧줄을 둘렀다. 사체의 목에 난 자국은 선명했다. 범인은 이승구의 목에 밧줄을 두르고 힘껏 당기는 것까지 성공했을 것이다. 이후에 몸싸움이 있어 밧줄 대신 칼을 집었지만, 이승구가 저항

한 게 분명했다. 그렇다면 범인은 키 172cm인 이승구보다는 큰 키가 아닐까.

준배는 무릎을 굽힌 채로 자세 유지가 힘들었다. 결국 한쪽 다리를 휘청이다 넘어졌다.

"그 밧줄 주로 어디서 사용되는지, 구입처는 어딘지 알아봐 줘. CCTV 찍힌 남자 사진 가지고 다니면서 혹시 밧줄 산 남자 중에 비슷한 인상착의 있는지 확인해 보고."

연우는 이미 자기 자리에 돌아가 가방을 챙기고 있었다. 준배는 어안이 벙벙한 표정으로 고개를 끄덕이며 바닥에 떨어진 흰색 밧줄을 돌돌 말았다.

"이승구 사체, 가족들이 인계해 갔다며?"

"네. 장례식 치른다나 봐요."

이승구의 형제들이 사체를 인계해 갔다고 최 박사로부터 연락이 왔었다.

"살인 사건에서 용의자는 누구다?"

연우가 무슨 소리냐는 듯 박 팀장을 돌아봤다.

"금전이 아니면 치정이지. 피해자가 죽어서 가장 많은 이득을 보는 사람이 용의자고 말이야. 이승구 주변 좀 더 캐봐. 특히 그 별거 중인 와이프!"

"장례식장 다녀올게요."

연우가 가방을 챙겨 일어나며 말했다.

"와이프 찾으라니까?"

"네. 와이프 찾으러 장례식장 간다고요. 그 여자, 분명히 이승구 장례식장에 올 거예요."

연우가 나가자마자 박 팀장은 짜증을 터트렸다.

"저거는 선배를 개똥으로 알아. 야, 전준배! 여기 책상에 있는 증거품 다 캐비닛 안에다 넣어 둬!"

"네!"

박 팀장이 담배와 라이터를 챙겨 나간 사이, 준배는 비닐봉지에 담긴 증거품을 하나씩 포개어 정리하다 뭔가 다른 점을 발견했다. 조금 전 시뮬레이션용으로 사용했던 흰색 밧줄과 실제 현장에서 발견된 밧줄. 준배는 밧줄이 담긴 증거품 봉투를 들어 가까이 들여다보았다. 핏자국이나 얼룩이 아니었다. 증거품 밧줄에는 빨강, 노랑, 초록과 같은 색이 희미하게 섞여 있었다.

* * *

장례식장 안에는 조문객이 많지 않았다. 딸이 실종 중인 상황이라 장례를 늦출 법도 했지만, 유가족이 찾아와 차가운 냉동고에 동생을 둘 수 없다며 고집했다고 들었다. 상주는 이승구의 형제인 듯했다.

연우는 국화 한 송이를 올리고 입구가 보이는 한쪽 구석에 자리를 잡고 앉았다. 교복을 입은 학생들과 이승구의 동기, 친구로 보이는 중년 남자들이 무리 지어 조문을 왔다. 연우는 조문객의 얼굴 하나하나를 살피며 생각했다. 과연 605호 아줌마가 말했던 평범한 공무원 부인으로 살기에는 끼가 넘쳤다는 여자가 오늘 이곳에 나타날까?

형사과에서도 담당 형사 한 명을 저쪽 구석에 박아 둔 게 보였다. 모두가 한 여자를 의심한다. 정말 그 여자가 남편과 딸에게 칼을 겨누었을까?

"지원 엄마!"

상복을 입은 여자가 문가를 서성이는 누군가를 보고 말했다. 높지도 낮지도 않은 목소리였지만, 상복을 입은 여자는 급하게 주위를 둘러보고 밖으로 나갔다. 연우도 조심히 일어나 따라나섰다.

계단 아래 상복을 입은 여자가 40대 중반으로 보이는 여자의 팔을 잡고 울먹이고 있었다. 팔이 잡힌 여자는 고개를 들지 못한 채 몸을 떨고 있었다. 화장기 없는 얼굴에 마른 체격이었고, 검은 외투와 앞코가 해진 구두가 여자를 더욱 낡아 보이게 했다.

두 여자는 한참을 서서 이야기를 나눴다. 상복을 입은 여자가 '소식 오면 연락할게.', '찾을 수 있을 거야.'와 같은 말을 할 때마다, 다른 여자의 눈가가 점점 붉어졌다. 상복을 입은 여자가 조문실로 돌아가고, 남은 여자는 한참을 멍하니 제자리에 서 있다가 깊은 한숨을 쉬며 천장을 올려다보았다. 여자가 장례식장 밖으로 나갔을 때 연우는 몇 걸음 뒤에서 여자의 이름을 불렀다.

"오선숙 씨."

여자는 연우의 말을 듣지 못한 듯 계속 걸어갔다.

"잠시만요! 이지원 양 어머님 되시죠?"

그제야 여자는 걸음을 멈추고 뒤돌아봤다.

장례식장 입구 근처 벤치는 늘어진 나뭇가지가 가로등 불빛을 가려서 그늘져 있었다. 그리고 그 그늘 속에 선숙이 앉아 있었다. 연우는 자판기에서 뽑은 따뜻한 음료를 선숙에게 건네고 조금 떨어진 자리에 앉아 말을 걸었다.

"경찰에서 이지원 양 어머님을 찾고 있었어요."

선숙은 종이컵을 두 손으로 꼭 쥐고 있었다. 손끝이 조금 떨리는 듯했다.

"정말…… 애 아빠가 죽었나요?"

"아까 영정 사진 보셨잖아요."

"그럼 우리 지원이는요?"

연우는 박 팀장의 말대로 이승구의 부인, 오선숙을 먼저 만났어야 했다고 깨달았다. 선숙은 아무것도 몰랐지만, 가장 많은 것을 알고 있는 사람이었다.

"사람들은…… 그 사람을 착한 남편, 좋은 아빠, 모범적인 교사로 알고 있겠지만, 아니었어요. 저는요. 그 사람 쓰레기통으로 15년을 넘게 살았어요. 그러다 마트 간다고 나와서 다시 그 집으로 돌아가지 않았어요."

신혼 초, 처음 이승구가 자신을 밀치고 뺨을 올려붙였을 때도 선숙은 단순히 술에 취해서 실수를 한 것이라고 생각했었다. 하지만 맞는 날이 맞지 않는 날보다 많아졌고 아이가 생겨도 달라지지 않았다.

오히려 이승구의 폭력은 일상적이고 교묘해졌다. 얼굴, 목, 손 같은 다른 사람이 볼 수 있는 곳은 때리지 않았다. 어린 지원 앞에서도 선숙에게 발길질하며 몇 시간 동안 구타를 했다. 놀라 우는 아이에게 주먹질을 할까 봐 선숙은 오히려 이승구에게 매달렸다고 했다.

"이지원 양 소아마비는……."

소아마비라는 말에 선숙의 입술이 떨려왔다.

"다 그렇게 속였어요. 형사님도 속은 거예요. 애 아빠한테. 그 인간이 지원이를 그렇게 만들었어요."

선숙은 토해내듯 말하다 연우와 눈이 마주치자 다시 움츠러들었다.

"그렇게 집을 혼자 나오면 애는 어떨지 생각해 봤어요?"

연우의 목소리가 높아졌다. 가정폭력에 장시간 노출된 여성의 경우, 일반적인 판단력이 흐려진다. 폭력을 무기력하게 받아들이거나 혹은 당장에 고통을 피하기 위해 자식에게 가해지는 폭력을 외면하기도 한다.

오선숙은 자신이 살기 위해 집을 뛰쳐나왔다고 했다. 하지만 그곳에는 딸이 남아 있었다. 아버지가 가한 학대에 다리를 다쳐 휠체어나 목발 없이는 제대로 걸을 수 없는 아이. 엄마 선숙만큼 긴 시간 폭력에 노출되었던 아이. 선숙은 누구보다 그 사실을 알았지만 그 집으로 돌아가지 않았다.

"……자격 없는 애미죠."

선숙이 마른 숨을 내뱉듯이 말했다.

연우의 시선에 휴대 전화를 꼭 쥔 선숙의 손이 보였다.

"그 휴대 전화 번호 아는 사람이 누구누구죠?"

"지원이만 알아요. 가끔 찾아갔거든요. 애 아빠 학교 가고 지원이 혼자 있을 때요. ……같이 살 수 있는 방 구할 보증금만 모이면 데리러 오겠다고. 그때까지 기다려 달라고……."

선숙은 더 이상 말을 잇지 못하고 무너지듯 큰 울음을 토해냈다. 연우는 선숙의 말이 모두 진실이라고 느꼈지만 확인은 필요했다.

사무실로 돌아온 연우는 선숙이 일하는 감자탕집에서 가져온 CCTV 녹화 테이프부터 확인했다. 화면에 '24시간 영업'이라고 쓰인 간판과 메뉴판이 벽에 걸린 식당이 보였다. 화면 하단 시간이 10월 18일 11시에서 10월 19일 06시가 넘을 때까지도 선숙은 화면 안에서 사라지지 않고 계속 주문을 받고 서빙을 했다. 적어도 사건 당일 선숙은 부암동이 아닌 논현동에 있었다는 사실이 확인됐다.

선숙의 금융 기록 또한 의심할 부분이 없었다. 매달 식당에서 번 돈 170만 원이 수입으로 입금되었고 그중 130만 원이 적금으로 들어갔다. 사람을 고용해 일을 벌일 만큼의 경제력은 없었다.

CCTV를 확인하는 사이 미리 의뢰한 이지원의 휴대 전화 관련 서류가 도착해 있었다. 이지원 명의로 가입된 휴대 전화는 2018년 10월 2일에 해지되었다. 해지자는 친권자인 아버지 이승구였다. 상담사 역시 대수롭지 않다는 듯 자녀 학업 성적 관련해서 휴대 전화를 해지하는 부모들이 많다고 했다.

연우는 이지원의 통화 기록을 살펴보았다. 2016년부터 2018년까지, 이때만 해도 이지원이 학교에 다니던 시기였고 수신 번호 대부분이 이승구의 번호였다. 발신 목록은 많지 않았다. 연우는 10장이 넘는 페이지를 손가락으로 읽어내려갔다. 거기엔 반복적으로 등장하는 번호가 있었다. 02-953-2017. 연우는 그 번호로 전화를 걸었다. 몇 번의 신호가 가고 친절한 목소리의 여성이 전화를 받았다.

- 무엇을 도와드릴까요? 가정폭력상담센터입니다.

연우는 자신의 신분을 밝히고 전화를 하게 된 이유에 대해 말했다. 상담원은 이지원을 기억했다.

- 문의해 주신 전화번호로 저희 센터에 걸려온 상담 내역이 있네요. 어린 학생이라 기억이 나는데 상황이 심각한 것 같아서 긴급피난처를 소개하려고 했었거든요.

"전화를 건 본인이 거처할 피난처요?"

- 아니요. 본인보다는 엄마 걱정을 많이 했어요. 도움이 필요해서 저희 기관에 전화를 했겠지만 동시에 불신도 강한 편이었고요. 경찰에 신고를 한 적이 있었는데 아마 가정 내에서 해결해야 할 일이다, 이런 식으로 유야무야된 적이 있었나 봐요. 다시 전화했을 때는 없는 번호라고 나와서 도움을 줄 수가 없었습니다.

연우는 혹시 그 뒤로 이지원 양으로 추측되는 소녀의 전화를 받은 적이 있느냐고 물었다. 하지만 전화선 너머의 여자는 없다고 답했다.

* * *

준배는 공구상가를 찾아가 무작정 증거품 밧줄 사진과 샘플을 들이밀며 확인하는 중이었다. 벌써 10번째 철물점 방문이었다. 문 닫고 퇴근하려는 사장을 붙들고 밧줄 감정부터 맡겼다. 철물점 사장이 밧줄을 들여다보는 사이, 준배는 연우에게 도착한 문자를 확인하고 있었다.

[이승구 부인을 만나 사건 당일 알리바이 확인했음. 가출 후 고시원에서 머물며 논현동 감자탕집에서 주방 일을 했음. 사건 당일 CCTV 확보.]

"이거, 매듭이 특이하진 않은데."

사장이 준배를 불렀다.

"사장님, 여기 노랑, 초록색이 섞여 있잖아요. 저는 이게 야광인가 했더니 그건 아니더라고요."

"글쎄. 이런 거는 처음 보는데."

"그럼 혹시 이렇게 생긴 남자는 못 보셨나요?"

준배는 품에서 CCTV에 찍힌 '바른 택배' 조끼를 입은 남자 사진을 보여줬다. 사장이 고개를 흔드는 사이 60대 남성이 가게 문을 열고 들어왔다.

"어이, 잘 왔어. 이것 좀 들여다 봐봐."

철물점 사장의 친구인 그는 사장이 건넨 밧줄을 단번에 알아봤다.

“이거 그거네. 빨강, 파랑 이런 게 섞인 건 현수막 재활용해서 만들어서 그래.”

“현수막이요?”

“길거리 전봇대 같은 데에 거는 기다란 광고 천 있잖아? 그 광고 글자를 색 페인트로 칠하잖아? 그 천들을 재활용해 가지고 밧줄을 만들어서 이렇게 색이 비치는 거지.”

“선생님, 그럼 이런 밧줄은 주로 어디서 쓰나요? 공사장 같은 곳에서 사용하나요?”

준배의 질문에 철물점 사장 친구는 고개를 저었다.

“아니. 공사장에서는 안 써. 이런 건 어선이나 양식장에서 쓰지.”

“어선이요? 물고기 잡는 배요?”

그제야 철물점 사장 친구는 고개를 끄덕였다.

3.

이른 아침, 연우는 경찰서가 아닌 부암동 푸른아파트로 향했다. 705호 도어 록에 보조키를 가져다 대려다 문득 머릿속을 스치는 숫자가 있었다. 준배의 주머니 속에서 떨어졌던 포스트잇. 그 위에 꾹꾹 눌러써 있던 '24180'. 연우는 도어 록 장치를 위로 올리고 번호를 하나씩 눌렀다. 2418…… 마지막 숫자 '0'을 누르자 작은 신호음과 함께 705호 현관문이 열렸다.

청소업체가 다녀간 듯 현관, 거실의 바닥은 깨끗이 정리되어 있었다. 연우는 바로 현관 오른쪽 방문을 열었다. 지원의 방이다. 낮이지만 커튼이 드리워져 어두웠다. 연우는 조심히 방을 살폈다. 현장 신고를 받고 왔을 때와 별반 다르지 않았다. 휠체어, 목발, 벽에 걸린 교복도 그대로였다.

연우는 컴퓨터가 놓인 책상으로 다가가 두 칸짜리 작은 서랍을 열어 보려 했지만 열리지 않았다. 지갑 안에서 휴대 전화 유심을 빼는 작은 핀을 꺼내어 열쇠 구멍 안에 넣었다. 그러자 서랍이

'철컥' 소리와 함께 열렸다.

첫 번째 서랍에는 파우더, 립스틱, 가발, 짧은 원피스 등이 엉켜 있었다. 많은 여고생이 화장을 하고 다니는 요즘이지만 열일곱 살이 바르기에는 너무 붉고 진한 색이라고 생각했다. 원피스는 민소매이거나 몸에 밀착되는 스타일로 클럽에서 젊은 여자들이 입을 만한 옷이었다. 모두 돈이 있어야 살 수 있는 것들. 누가 이 옷을 사서 이지원에게 입혔을까.

연우는 서랍 전체를 뒤집어 소지품을 방바닥에 널어두고 촬영을 했다. 화장품과 원피스 사이에서 상자에 담긴 약 하나와 낱개로 포장된 보라색 알약을 찾았다. 상자 안에 담긴 약은 피임약이었다. 연우는 지난밤 만난 지원의 엄마 선숙을 떠올렸다. 엄마가 떠난 후 딸은 더욱 깊은 우물 안으로 밀쳐 떨어졌으리라.

연우는 생각했다. 우물 안에서 손바닥만 한 하늘을 보며 소녀가 할 수 있는 게 무엇이 있을까. 우물 벽을 혼자 기어올라서는 빠져나올 수 없었다. 동아줄을 내려줄 누군가가 필요했다.

낱개로 포장된 보라색 알약에는 어떠한 성분이나 설명이 없었다. 마치 약국에서 제조한 감기약처럼 보라색 알약 두 개만 들어 있었다. 연우는 약봉지 하나를 뜯어 자신의 외투 주머니에 넣었다. 그리고 물건을 다시 서랍에 담아 넣은 후 그 아래 서랍을 열었다. 안에는 작은 공책 하나가 있었다.

공책을 펼쳐 보니 '엄마 온 날'이라고만 쓰인 페이지가 있었고, 몇 장을 더 넘기자 펜으로 검게 칠해진 페이지가 있고, 몇 장은 찢겨 있었다. 그리고 마지막에는 '학교 가고 싶다.'라는 한 문장만이 쓰여 있었다. 연우는 방바닥에 쏟아 놓은 이지원의 소지품을 다시 서랍에 넣고 서랍을 잠갔다. 그리고 컴퓨터 뒤에서 하드디스크를 뜯어 가방에 챙겨 넣었다.

연우는 베란다로 향했다. 베란다 난간은 쓸린 자국 없이 깨끗했다. 난간을 잡고 아래 화단을 내려다보았다. 그리고 상상 속에 검은 옷을 입은 남자가 검은 비닐봉지에 담긴 이승구의 사체를 난간 너머로 던지듯 연우는 자신의 가방을 가져와 창밖으로 던졌다.

연우는 705호 밖으로 나와 비상구 계단으로 향했다. 될 수 있으면 천천히 1층으로 내려갔다. 7층부터 1층까지 걸린 시간은 7분 정도였다. 비상구 계단은 ㄱ자 복도식 아파트의 양 끝에 위치해 있었다. 연우는 중앙 정문으로 나가는 대신 난간을 넘어 화단으로 뛰어내렸다.

연우는 화단을 살피며 705호 베란다에서 떨어뜨렸던 자신의 가방을 찾았다. 5호 라인에는 키가 큰 나무가 2층 높이까지 가지를 사방에 펼치고 그늘을 드리우고 있었다. 연우는 자신의 가방을 발견한 후 장갑을 꺼내어 끼고 흙바닥을 조심히 짚어 봤다.

가방 옆으로 미세한 발자국들이 보였다. 일부러 땅을 다져놓은 것처럼 여러 차례 밟은 자국이었다. 이승구의 사체를 7층 베란다에서 던져 CCTV의 감시망을 피하는 것까지 성공했다면, 그다음이 더욱 중요했다. 범인은 이승구의 사체를 어떻게 한강 변까지 옮겼을까? 준배가 말한 '바른 택배' 조끼를 입은 남자는 외부 차량 출입 대장에 표기되어 있지 않았다.

연우는 화단 뒤 주차장으로 시선을 옮겼다. 바닥에는 흰 선으로 네모 칸이 쳐있고 저마다 201, 202 숫자가 쓰여 있다. 경비실 앞 705 숫자가 쓰인 주차 구역에는 자동차가 없었다.

경비원이 다가와 연우에게 반갑게 인사했다. 부암동 부녀 실종 사건을 신고했던 담당 경비원이었다.

"아, 그게 이상하지. 그 선생님이 평소에 검은색 쏘나타를 타고 다니셨는데 그날 이후로 차가 안 보인다니까요."

"차를 학교에 두고 왔거나……."

"그건 아니지. 내가 그 전날 선생님을 봤으니까."

연우가 은근히 말을 띄우자, 경비원이 그날의 일에 대해 말했다. 10월 18일 오후 6시경 이승구가 자동차 키 잠금 버튼을 누르고 아파트 안으로 들어서는 걸 보았다는 것이다.

"아니 그런데 아까 다른 형사님들도 와서 똑같은 질문을 하다가 저기 어디서 발견됐다고 부리나케 뛰어가시던데, 왜요? 그 차가 아닌가 보오?"

연우는 경비원의 질문에 미소를 지어 보였다.

"맞을 거예요. 검은색 쏘나타."

* * *

여성청소년과 사무실 안, 연우와 준배, 박 팀장은 화면 속 CCTV에 집중해 있었다. 화면 속 푸른아파트 정문에서 이승구의 검은색 쏘나타가 빠져나가는 모습이 보였다. 10월 19일 오전 6시 20분의 일이었다.

"그러니까 유연우 네 말은 이 차 안에 이지원도 있다는 거잖아?"

"아까 말한 택배 배달원 사진 띄워 봐."

연우는 박 팀장의 질문에 대답하는 대신 준배에게 화면 전환을 시켰다. 화면에는 엘리베이터에서 찍힌 택배 조끼를 입은 남자의 사진이 떴다. 남자는 검은 모자를 눌러쓰고 목장갑을 낀 손에 택배 상자 하나를 들고 있었다.

"이 남자가 이승구를 죽이고 이지원을 데리고 나온 거죠."

"야! 근데 얼굴은 제대로 보이지도 않고 장갑을 끼고 있잖아? 언제까지 제보에 매달려? 지문을 떠야 일이 나가지."

"우리는 얘 지문 이미 떴어요. 근데 이 사람들이 올 때가 됐는데……."

연우의 말에 박 팀장과 준배가 영문을 모르겠다는 듯 쳐다봤다. 그때 문이 벌컥 열리는 소리가 들리더니 형사과 강력팀장이 팀원들을 몰고 들어왔다. 연우는 재빨리 엘리베이터에 찍힌 용의자 화면을 이전 아파트 입구 CCTV 장면으로 돌려놓았다.

"야! 박창민이! 아니, 네가 어떻게 이래? 이지원이 엄마 찾아갔다가 우리 애들이 얼마나 삽질을 했는지 알아?"

"왜요, 형님."

박 팀장이 살갑게 분위기를 누그러트리려 애썼다.

"왜에? 거기! 유연우 경위!"

모두의 시선이 연우에게 쏠렸다.

"어딜 그렇게 뒤지고 다닙니까? 국과수 부검실에! 이지원이 엄마에!"

"뒤지고 다니는 게 아니라 일하고 다니는 건데요?"

연우의 대답에 강력팀장은 어이없다는 듯 더 소리를 높였다.

"부암동 부녀 실종 사건은 우리 관할 사건이잖아!"

"그럼 형사과 강력팀에서 서면 자료로 정리해 보내 줄 때까지 저희 팀은 손 놓고 기다립니까? 여성청소년과 수사팀은 성폭력, 학교 폭력, 가정 폭력, 실종 사건을 담당합니다. 미성년자인 이지원은 현재 실종 상태이고 그 외에도 여러 가지 폭력적인 정황도 보이고요. 이래도 우리 팀 관할 사건이 아닙니까?"

"이제 막 와서 위아래 구분이 안 되나 본데!"

연우는 강력팀장의 말을 자르고 그 옆에 선 강력팀원 오 형사를 보며 말했다.

"오 형사님, 이승구 차 발견된 거 저희 팀에는 언제 이야기해 주려고 그러세요?"

연우의 말에 박 팀장이 발끈했다.

"뭐야? 이승구 차 찾았어? 아니, 형님! 이러면 우리가 섭섭하지!"

강력팀장은 박 팀장의 항의에 당황했다.

"아니, 아직 확실하게 뒤를 못 밟았으니까 그러지."

"아, 진짜 섭섭하네! 우리 나가서 이야기 좀 합시다!"

박 팀장은 강력팀 사람들의 등을 밀고 나가며 연우와 준배에게 눈짓했다. 강력팀 사람들이 모두 나간 걸 확인한 준배는 놀란 가슴을 쓸어내렸다.

"선배님이 아까 화면 확 바꾸실 때 놀랐어요. 혹시 올 때가 됐다고 하셨던 거, 강력팀 사람들 올 줄 아셨던 거예요?"

연우는 대답 대신 가방에서 이지원의 방에서 가져온 보라색 알약과 하드디스크를 꺼내어 건넸다.

"이 약은 국과수 최 박사님한테 보내고 하드디스크는 통으로 데이터 복사해서 내 서랍 안에 넣어 줘."

"근데 누구 거예요?"

준배의 질문에 연우는 말없이 쳐다보다 답했다.

"내 거겠니?"

얼마 후, 박 팀장은 이승구의 차가 동서울고속버스터미널 부근에 버려져 있었고, 강력팀에서 터미널 CCTV를 뒤지고 있다는 이야기를 가지고 왔다.

"근데 이상한 게요. 만약 그때까지 이지원을 계속 데리고 있었다면 이지원이 사람 많은 터미널에서 도와달라고 비명이라도 지를 법하지 않습니까?"

준배의 질문에 박 팀장은 인상을 쓰며 말했다.

"모르지. 또라이 같은 새끼들이 많잖아. 피해자가 어리고, 여자애인데……."

"살아있을 거예요. 범인은 두 사람이에요."

박 팀장과 준배는 연우가 범인이 두 명이라고 확신하는 이유를 짐작하기 어려웠다. 연우는 고개를 갸웃거리던 준배에게 밧줄에 대해 알아봤는지 물었다.

"범행에 사용된 밧줄은 어선용 밧줄로 보입니다. 서울에서는 잘 구하기 힘들고, 보통 바닷가 도시에서 자체적으로 만들어서 재활용품 개념으로 만들어서 판다고 합니다."

점심을 먹고 다시 사무실로 돌아오니 팩스 한 장이 도착해 있었다. 이틀 전, 준배가 증거품 등록을 누락했던 노란 포스트잇 지문 검사 결과서였다. 포스트잇에서 '장경진'이라는 남자의 지문이 확인됐다는 내용이 쓰여 있었다.

이름 장경진, 나이 24세, 키 180cm, 폭력 사건으로 소년원 생활을 한 경력이 있었다. 연우는 경진의 소년원 수감 기록과 사진을 조사하였다. 검은 얼굴에 마르지만 다부진 체격이었다. 장경진은 꽤 여러 곳으로 주소지를 옮겨 다녔는데 마지막 주소지는 전남 목포의 한 직업소개소였다.

* * *

연우와 준배가 전남 목포에 도착했을 때는 이미 날이 저물고 있었다. 선착장 옆을 지나치는데 증거품인 밧줄과 같은 형태의 밧줄이 둘둘 바닥에 쌓여 있는 게 보였다.

"뜨내기라 주소지가 직업소개소로 되어 있었나 보네."

"선배님, 용의자 말이에요. 강도를 할 생각이었다면 왜 굳이 서울까지 와서 사람을 죽였을까요?"

"그래야 한다고 생각했나 봐."

"네?"

연우는 준배에게 설명하는 대신 손가락으로 무언가를 가리켰다. 대동 직업소개소. 장경진의 마지막 주소지였다.

"서울 형사가 왜 여까지 내려와서 그런 걸 물어요? 우린 모르지. 여기 왔다 가는 사람이 한둘인가? 배 타고 막일하는 사람들 다 비슷비슷하게 생겼지."

50대 중반으로 보이는 직업소개소 소장은 경계 어린 눈빛으로 연우와 준배를 바라봤다.

"혹시 모르니까 사진 한 번 더 봐 주세요. 장경진 씨와 친분이 있거나 가깝게 지내던 사람은 혹시 모르십니까?"

준배는 다시 한 번 장경진의 사진을 건넸다.

"모른다니까 그러네."

소장은 더 물을 것도 없다는 듯 손사래를 치며 이력서 정리하는 데 몰두했다.

"장경진이를 왜 찾소?"

연우는 소리가 나는 쪽을 향해 뒤돌아봤다. 검게 그을린 얼굴에 다부진 체격의 남자였다. 이제 막 뱃일을 마치고 항구로 돌아온 듯 장화를 신은 채였고 바다 내음이 났다.

"서울에서 온 형사들이야. 서울 간 애를 서울 사람들이 왜 여서 찾는지, 참."

조금 전까지 장경진을 모른다고 했던 소장은 귀찮은 일을 끝내려는 듯 연우와 준배에게 남자를 소개했다. 그는 한 달 전까지 장경진과 함께 일했던 선장이었다. 연우는 선장에게 부암동 부녀 실종 사건에 대한 설명은 하지 않고 장경진이 어떤 사람인지에 대해 물었다. 선장은 소파 한쪽에 자리를 잡고 느긋하게 담뱃불을 붙였다.

"처음 본 게 한 3년 전이요. 군대는 갔다 왔냐 물었더니 '안 갔습니다.' 합니다. 왜 안 갔냐 물었지. 그랬더니 입을 꾹 닫고 있다가 '부모가 없습니다.' 하더요. 부모도 형제도 없냐? '네, 없습니다.' 그게 대답이었소. 더 물을 것도 없지. 고개를 푹 숙이고 있길래 양손 한번 내밀어 보라고 했지. 손을 보니 공부할 손은 아니다, 천상 열심히 몸 움직여서 먹고 살아야 한다 했소. 여기 사람이 아니라 뱃일이 서툴 텐데 그래도 열심히 합디다. 그래서 배 나갈 때면 챙겨서 데리고 나갔소."

"최근에 마지막으로 본 게 언제인가요?"

연우의 질문에 선장은 생각에 잠겼다.

"보름 전에 여기서 봤습니다. 자꾸 휴대폰을 보길래 네 여자 생겼냐? 물었소. 그랬더니 쑥스러운 듯 웃더라고. 어렸을 때 양친 모두 돌아가시고 고생이 많았다고 해서 잘 됐다 싶었소."

"배 들어오면 맨날 피시방에서 죽치던 게 언제 여자를 만났대?"

저만치 책상에 앉아 있던 소장이 말을 거들었다.

"어디 피시방인데요?"

연우가 놓치지 않고 물었다.

"요 옆에. 스피드 피시방. 거기 카운터 보던 아랑 친했지."

선장의 말에 연우는 서둘러 인사하고 자리에서 일어섰다. 준배는 선장에게 혹시 정경진에게 연락이 오면 이쪽으로 전화를 달라며 자신의 연락처를 남기고 연우를 따라 나갔다.

"찝찝하더만은. 이래서 빨간 줄 그은 애들은 안 받아야 돼."

소장의 타박에도 선장은 말없이 연우와 준배가 나간 문을 바라보았다.

* * *

대동 직업소개소 옆 건물 피시방은 한산했다. 일꾼으로 보이는 남자들 몇몇이 고스톱을 치고 있었고, 어린 학생은 몇 되지 않았다. 얄상하게 생긴 피시방 알바 김형순은 장경진과 동갑이라고 했다. 연우와 준배가 경찰이라고 하자 긴장한 듯 어깨를 움츠리고 목소리가 작아졌다.

"친구까진 아니고요. 그냥 오다가다 만나면 술 한잔하던 사인데, 잘 몰라요."

"정경진 씨가 여기도 자주 왔죠? 오면 뭐 했어요?"

"와서 하는 게 뭐 있어요? 그냥 게임 하고 캠방 보고."

"겜방이요?"

연우는 이지원의 옆집에 살던 비제이 샌드를 떠올렸다.

"아뇨. 여캠방이요."

장경진이 배를 타고 바다에 나가는 날은 한 달에 20여 일 남짓이었다. 처음 뱃일을 시작했을 때는 선원 아저씨를 따라 술집을 다니고 사창가에 드나들기도 했지만, 잠깐이었다고 했다. 육지에 있는 시간 동안 장경진은 목포항 인근의 고시원에 짐을 풀었다. 끼니도 대충 편의점 음식이나 중국집에서 시킨 짜장면으로 때우며 피시방에서 시간을 보냈다. 장경진이 주로 보는 건 비제이 열매가 하는 방송이었다.

"비제이 열매라고 유명한 애는 아닌데 경진이가 걔 열혈이었어요. 돈도 없는 새끼가 열매한테는 별 풍선 100개씩 터트리고. 열매한테 푹 빠져서 일 나가는 날 아니면 걔 방송만 켜 놓고 살았어요. 특이한 게 열매 걔는 멘트를 안 했거든요? 마이크도 없었던 거 같아요. 그냥 음악만 틀어놓기만 해도 애가 이쁘니까 남자들이 붙는단 말이에요. 진짜 하는 거 하나 없이 얼굴로만 돈 버는 거죠. 가끔 채팅 창에 궁금하니까 말 좀 해보라고 너 벙어리냐고 글이 올라올 때도 있었는데, 그래도 말을 안 하니까 또 욕이 올라와요. 그럼 경진이 그 새끼는 지 여친이 욕먹는 거처럼 참지를 못했어요. 존나 갑자기 맥주 캔을 키보드에 던져 가지고 그거 치우

느라 힘들었다니까요?"

"정경진 씨 여자 친구가 있다고 그러던데요? 혹시 만난 적 있으신가요?"

"에헤이, 경진이 걔가 무슨 수로 여자를 사귀어요?"

준배의 질문에 피시방 알바는 말도 안 되는 소리라며 인상을 구겼다.

"경진이한테는 열매가 여자 친구였죠. 상상 속의 여자 친구! 며칠 전에 경진이가 밀린 일당 받던 날이었는데요. 그날 저랑 둘이서 시내 나가서 술을 엄청 펐거든요. 3차 가자고 술집을 나와서 걷는데 시내 중앙로에 웨딩 샵이 있었거든요? 유리창 안에 얼굴 없는 마네킹이 웨딩드레스 입고 하얗게 조명을 받고 서 있는데 그걸 그렇게 보는 거예요. 뭐하냐고 빨리 가자고 그랬죠. 그랬더니 경진이가 뭐라고 했는지 아세요? 열매가 입으면 이쁘겠다…… 혼잣말로 그렇게 지껄이는 거예요. 마네킹이 입은 웨딩드레스 보고요. 진짜 한심한 새끼."

"그 열매라는 사람이 하던 방송 페이지 찾아갈 수 있어요?"

연우가 물었다.

"그럼요. 겁나 쉽죠!"

피시방 알바는 컴퓨터로 비제이들이 방송하는 사이트를 찾아 들어갔다. 하지만 비제이 열매의 홈페이지에는 다시 보기 동영상 목록이 없었다.

"요즈음은 방송 안 하나? 이게 일주일 되면 영상이 다 지워지거든요. 어? 하이라이트 하나 남았다!"

연우와 준배는 카운터 안으로 들어가 장경진의 모니터 속 동영상에 집중했다. 불이 꺼진 방, 어두운 화면 속에 긴 웨이브 머리를 하고 얇은 끈 원피스를 입은 비제이 열매가 보였다. 모니터 화면 때문인지 얼굴은 창백했고 입술에는 붉은 립스틱이 발라져 있었다. 열매는 장경진의 말대로 멘트 한번 없이 가만히 앉아만 있었다.

1분짜리 하이라이트 영상이 끝나갈 무렵, 연우는 화면 속의 검은 방이 익숙하다는 생각이 들었다. 그리고 곧 그 이유를 알아챘다. 화면 왼쪽 상단에 보이는 벽에 걸린 교복. 이지원의 방에서 보았던 체크무늬 상의와 교복 치마였다.

연우와 준배는 피시방을 나와 주차장으로 향했다. 장경진과 이지원의 연결 고리를 발견한 이상, 중요한 단서는 이지원의 컴퓨터 하드디스크에 기대는 방법밖에 없었다. 연우가 조수석 문을 여는 순간, 뒤에서 부르는 소리가 들렸다.

"이보쇼."

뒤돌아보니 한 시간 전에 직업소개소에서 만났던 선장이었다.

"장경진이. 걔가 나쁜 애는 못되오. 똑똑하질 못해서 남 사기도 못 쳐요. 배 타면서 이런저런 놈들 다 겪어서 나는 딱 보면 아오. 당신네들이 무슨 일로 여까지 왔는지 모르지만 걔는 아니오."

선장은 자기 할 말이 끝나자 어떤 대답도 듣지 않고 뒤돌아갔다. 준배는 갑자기 나타나 장경진을 변호하는 선장이 의심스러워 떨떠름한 표정으로 연우를 보았지만, 연우 역시 아무 말 없이 뒤돌아섰다.

* * *

"몸이 약해서 중학교 다니다 자퇴한 이지원과 모니터 안에서 웃음 흘리는 비제이 열매가 같은 사람이다? 확실해?"

박 팀장은 목포에 다녀온 연우와 준배의 보고를 의심스럽게 되물었다. 연우는 화이트보드 칠판에 사진 네 개를 붙였다. 이승구의 거실 책장에 놓여 있던 가족사진 속 이지원, 인터넷 방송 속 비제이 열매, 현장 조사 때 촬영한 이지원의 방, 열매의 방송 캡처본.

"왼쪽이 현장 나갔을 때 전 순경이 촬영한 이지원의 방, 오른쪽이 비제이 열매의 마지막 영상에 있던 캡처입니다. 둘 다 책상 쪽에서 벽면을 보고 찍은 구도인데 벽지 무늬, 벽에 걸린 십자가, 교복 모두 동일합니다. 화장 유무의 차이는 있지만, 전체적인 얼굴도 매우 닮았고요. 그리고……."

연우는 이지원의 서랍 속 화장품, 가발, 원피스 등을 촬영한 사진을 하나 더 붙였다. 거기엔 화면 속 비제이 열매의 원피스와 동일한 옷이 있었다.

"추측하자면 자퇴 후에는 거동이 불편해서 집에서만 생활해야 했고, 엄마의 가출 이후에 철저히 혼자서 지내는 시간이 많았기 때문에 이런 식으로…… 자신의 존재를 알린 것 같습니다."

"하…… 진짜 요즘 애들은…… 그럼 뭐야? 촌놈이 여자애한테 반해서 서울까지 찾아와 만나 달라고 하다가 꼰대 이승구를 만나 몸싸움이 났다? 그래서 이승구를 충동적으로 죽이고 여자애는 납치했다?"

박 팀장의 정리에 연우가 고개를 저으며 답했다.

"아니요."

"아니라니? 어느 부분이 아니야?"

연우는 대답 없이 증거품 사진 중 밧줄 사진을 화이트보드 칠판에 붙였다. 밧줄 사진에 준배가 무슨 의미인지 알겠다는 듯 소리쳤다.

"선배님 말씀은 장경진의 범행이 충동적이라면 밧줄을 목포에서부터 가져오지 않았을 거다. 이 말씀이죠?"

"충동적일 수 없지. 동기가 있는 범죄는 충동적일 수 없어."

하지만 연우의 확신에도 박 팀장은 장경진을 공개 수배하기에는 목격자나 증거 모두 불충분하다고 했다. 대신 장경진의 금융 기록과 신용 카드 사용 내역 조회를 지시하였다.

4.

연우는 감자탕집 구석에 자리를 잡고 앉았다. 그리고 식탁 위에 오선숙으로부터 받은 폴더폰을 올려놓았다. 며칠 사이 오선숙의 얼굴은 더욱 거칠어져 있었다. 그녀는 휘청일 것같이 마른 몸으로 쟁반 가득 음식을 담아 날랐다. 벌써 삼 일째 잠복이었다. 연우의 예상대로라면, 오늘 밤을 넘기지 않아야 했다.

금요일 저녁이라 손님은 끝도 없이 들어왔다. 연우가 물을 마시며 긴장을 잠재울 때 오선숙의 폴더폰이 반짝였다. 연우는 급하게 폴더를 열어 발신자를 확인했다. 저장되지 않은 번호. 지역번호 033으로 시작하는 유선 번호였다. 멀리서 연우의 행동을 본 오선숙이 달려왔다. 연우는 오선숙을 자신의 옆자리에 앉히고 전화를 건넸다. 오선숙은 심호흡을 하고 수신 버튼을 눌렀다.

"……여보세요?"

오선숙의 목소리가 떨렸다. 전화기 너머의 사람은 아무 소리가 없었다.

"여보세요? ……지원이니?"

- ……엄마.

'엄마' 소리에 오선숙은 눈물을 쏟았다. 그리고 고개를 끄덕였다.

"어. 엄마야. 지원아!"

연우는 긴장으로 떠는 오선숙의 손을 통화가 끝날 때까지 꼭 잡았다. 그리고 박 팀장에게 문자로 보고했다.

[이지원으로부터 걸려온 전화. 발신 번호 033-864-2536. 위치 확인 바람.]

발신 번호를 추적해 나온 장소는 강원도 삼척 방면 7번 국도 부근의 민박집이었다. 여성청소년과 수사팀과 형사과 강력팀원들이 그곳에 도착한 시각은 새벽 두 시 무렵이었다. 경찰들은 2인 1팀으로 나누어 민박 방 세 곳으로 침투하고 남은 인원은 정문과 뒷담에서 혹시 모를 상황을 대비하기로 했다.

연우는 박 팀장과 팀을 이루어 작은 방문을 열고 들어섰다. 벽을 보고 누운 여자와 여자를 안고 있는 남자가 보였다. 소란스러움에 남자는 긴장한 듯 방어 자세를 취했고, 박 팀장은 남자에게 달려들었다. 연우는 방의 불을 켜고 여자와 남자의 얼굴을 확인했다. 이지원과 장경진이었다. 박 팀장이 장경진을 제압하고 바닥에 엎드리게 한 후 수갑을 채웠다.

"장경진! 당신을 이승구 살인 혐의와 이지원 납치 혐의로 체포한다. 묵비권을 행사할 수 있고, 지금부터 하는 말은 법정에서 불리하게 사용될 수 있으며, 변호인을 선임할 권리가 있다. 알았어?"

장경진은 잠시 반항하였지만 이내 경찰들에게 제압되어 끌려 나갔다. 장경진은 방을 나가는 순간에도 뒤돌아보며 이지원을 안타깝게 바라보았다. 그때 이지원은 꿈을 꾸는 듯 멍하게 벽을 보고 앉아 있었다.

창백한 얼굴은 가족사진 속 휠체어에 앉아 있던 소녀를 떠올리게 했고, 초점을 잃은 눈은 모니터 속 열매의 눈빛과 같았다. 이지원은 얇은 긴 팔 차림에 면바지를 입고 있었다. 연우는 이지원의 어깨에 자신의 재킷을 벗어 덮이고 일으켜 세웠다. 이지원을 부축하며 연우는 소녀의 손을 세심히 살펴보았다. 이지원의 손목은 자국 없이 깨끗했다.

* * *

박 팀장이 장경진의 조사를 담당했다. 심문실 안에서 장경진은 담담하게 자신의 범행을 시인했다.

"제가 그랬어요."

"왜?"

"……."

"왜 그랬냐고? 범행 동기가 뭐야?"

"사랑해서…… 그래서…… 구해주고 싶었어요."

장경진이 비제이 열매의 방송을 보기 시작한 것은 약 1년 전이었다. 처음에는 그냥 흔한 여자 비제이의 방송이라고 생각했지만, 무표정으로 아무 말 없이 앉아 있는 모습에 호기심이 생겼다고 했다. 어느 날은 슬퍼 보였고, 어느 날은 화가 나 보였다.

호기심이 다른 마음으로 바뀐 건 열매의 얼굴에 난 상처 때문이었다. 채팅 창에 누군가가 열매에게 카메라 가까이 얼굴을 비춰 달라고 졸랐다. 열매가 카메라 가까이 얼굴을 비추자 눈 옆에 푸른 멍 자국이 보였다. 화장으로 가렸지만 옅은 푸른빛이 분명 보였고, 입술 가장자리도 터진 것처럼 맺힌 상처가 남아 있었다.

그날은 열매가 유독 붉은 립스틱을 바른 날이었다. 생방송이 끝난 후 장경진은 열매에게 쪽지를 보냈다. 덧나지 않게 화장 대신 약을 바르라고. 그날 이후 장경진은 열매와 쪽지를 주고받았고, 열매의 진짜 이름 이지원을 알게 되었다.

이지원은 채팅 창에서 욕하는 사람들의 말과 달리 별창이 아니었다. 그저 말이 서툴렀고, 사람을 어려워하고, 다리가 불편한 아이였다. 그리고 밤에는 친부의 폭력에 시달렸다. 옆집의 인터넷을

훔쳐 쓰는 것마저 끊긴다면 영영 집 안에 갇혀 살아야 할지도 모른다고 두려워했다. 장경진은 그런 이지원을 구하고 싶었다고 했다.

"호기심이 생긴 건 알겠어. 근데 이런 범죄를 저지르면서까지 말도 잘 못 하고 다리도 불편한 여자애를 데리고 뭘 하려고?"

박 팀장의 질문에 장경진은 머뭇거리다 대답했다.

"어떤 여자가 절 좋아해요? 돈도 없고 배운 것도 없고 뭣도 없는데……. 저는요. 열매가 말을 못 하고 다리도 전다고 하니까 오히려 안심이 됐어요. 내가…… 얘보다 더 나은 게 있는 거고…… 그리고 나는 안 때려요."

장경진은 10월 18일 자정에 있었던 범행에 대해서도 부인하지 않고 진술했다. 택배 기사 조끼와 도어 록 보조키를 남대문에서 구입하여 10월 18일 자정 너머 푸른아파트 102동 705호를 찾아갔고, 이승구와 몸싸움 끝에 밧줄 대신 부엌에 있는 칼을 이용해 죽였다고 했다.

"손은? 이승구 오른손은 왜 잘랐어?"

장경진은 박 팀장을 말갛게 쳐다보며 말했다.

"나쁜 손이니까요."

* * *

그 시각 연우는 또 다른 심문실에서 창 넘어 작은 방에 있는 이지원을 지켜보고 있었다. 이지원은 긴장되는 듯 생수병을 입에 가져갔지만 채 마시지 못하고 다시 탁자 위에 내려놓았다. 박 팀장이 들어와서 장경진 조사 내용에 대해 전했다.

"다 자백했어. 사랑해서 그랬대. 구해주고 싶었다고. 몇 가지 이해가 안 가는 걸 물어봤는데 그 뒤로는 줄곧 묵비권 행사야. 게임이나 인터넷 많이 하면 대가리가 제대로 작동을 안 하나? 지가 기사야, 뭐야. 지 인생이나 챙기지 누굴 구해줘? 또라이한테 잡혀간 재만 안됐지."

박 팀장이 턱으로 이지원을 가리키며 혀를 찼다.

"구해줘……."

연우는 박 팀장이 말한 장경진의 말을 혼잣말처럼 되뇌었다.

"말 못 하는 애인 척한 게 신의 한 수였다. 장경진이 먹을 거 사러 갔을 때 전화했으니 이 정도로 끝난 거야. 참고인 조사는 짧게 하고 끝내. 이지원 엄마 말이야. 지금 복도에서 기다리고 있어. 애는 집에 보내야지."

연우는 대답 대신 박 팀장의 말을 곱씹었다.

"구해줘……."

박 팀장이 나간 후, 연우는 카메라, 컴퓨터 등 레코딩 관련 기계의 전원을 내리고 작은 방으로 들어가 지원과 마주 앉았다.

"이지원 양이 직접 어머니께 전화를 했죠?"

"……네."

이지원은 눈을 마주치지 않고 답했다.

"우리가 너무 느렸나요?"

이지원은 그제야 고개를 들어 연우를 보았다.

"이상해. 보통 범인은 범죄를 완성하고 단서를 숨겨요. 그리고 형사는 단서를 찾아내고 범죄를 풀어가죠. 근데 이번 사건은 누군가가 나에게 단서를 하나씩, 하나씩 던져주는 거 같았거든요. 나를 잘 따라오라고 표식을 남기는 것처럼."

"무슨 말인지, 모르겠어요."

이지원은 다시 시선을 피했다.

"장경진이 이승구의 목을 조를 때…… 뭐 하고 있었어요?"

"……의자에 손발이 묶여서 꼼짝을 할 수 없었어요."

"손 줘 봐요."

연우는 이지원의 두 손을 강하게 끌어당겨 손가락을 펼쳤다.

"아!"

이지원이 얕은 비명을 지르고 연우에게 잡힌 손을 빼내려고 애썼지만, 소용이 없었다. 연우는 지원의 손을 내려다보았다. 엄지와 검지 사이가 쓸린 상처로 붉게 부풀어 올라 있었다. 연우는 지원의 손목을 둥글게 잡았다. 이지원이 긴장하는 게 느껴졌다.

"움직이지도 못할 정도면 손목에 멍이 들어야 하는데? 깨끗하잖아요. 대신 상처는 엄지와 검지 사이에 있고…… 이 정도로 부풀어 오르려면 이렇게 누군가를 못 움직이게 잡고 있었다는 거죠.”

연우는 이지원의 두 팔을 두 손으로 꽉 잡았다. 그리고 그날 밤의 상황을 재현했다.

“장경진이 뒤에서 이승구의 목에 밧줄을 두르는 것까지는 성공했을 거예요. 하지만 이승구가 거세게 저항했겠죠. 이지원 양은 겁에 질려 뒤에 물러서 있다가 이러다가는 안 되겠다고 생각한 거예요. 어쩌면 ‘살려 달라.’는 이승구의 말에 화가 났을지도 모르죠. 그래서 그 난장판에 뛰어들어 이승구의 발목을 잡고 움직이지 못하게 누른 거예요.”

이지원은 있는 힘을 다해 연우의 손을 뿌리치고 노려봤다. 그러자 연우가 ‘24180’이라고 쓰인 포스트잇을 내밀었다.

“장경진은 문 앞에서 망설였어요. 목포에서부터 살해 도구로 밧줄까지 준비해 왔지만, 사람을 죽인다는 건 쉽지 않은 결심이니까. 그 집에 사는 누군가가 알려준 비밀번호를 손에 쥐고서도 말이에요. 지금부터 하는 이야기는 내 상상이에요. 지나친 부분이 있거나 사실관계가 맞지 않으면 언제든지 이야기해요. 10월 18일 그날 밤에도 이승구의 폭력이 이어졌죠. 이지원 양은 아버지의 폭력을 피해서 집 밖으로 나왔지만 불편한 다리 때문에 멀리 도망칠 수가 없었죠. 그래서 706호 창문에 매달려 도움을 청했던 거죠. 하지만 남자는 창문을 닫고 외면했어요. 여기까지가 23시 50분의 상황이죠."

이지원의 얼굴이 하얗게 질렸다.

"이지원 양은 강제로 다시 집으로 끌려갔지만 아마 현관에서 가장 가까운 공간으로 빠르게 도망치고 방문을 걸어 잠갔겠죠. 현관을 들어서면 오른쪽에 있는 이지원 양 방 말이에요. 10월 19일 0시 30분은 장경진이 찾아오기로 약속한 시각이었어요. 그때까지 버텨야 했죠. 방문을 두드리며 열라고 협박하던 이승구는 현관 서랍장에서 열쇠 꾸러미를 찾기 시작했죠. 약속된 시간이 되었고, 혹시나 하는 마음에 창문을 열어보니 정말 장경진이 찾아온 거예요. 한 손에는 비밀번호가 적힌 포스트잇, 다른 한 손에는 밧줄을 들고, 말이죠. 날카롭게 부딪히는 열쇠 소리에 애가 탔죠. 웃음을 팔아가며 쓸 만한 대리인을 구했는데, 그 대리인이 바보같이 구니까 마지막으로 한 번 더 마음을 흔든 거예요. 구해줘, 라고."

이지원은 눈을 꼭 감은 채 고개를 숙였다.

"지금 변명거리를 생각해도 소용없어요. 포스트잇에서 장경진의 지문이 발견됐고, 이승구의 발목에서 검출된 지문은 아마도 이지원 양의 것이겠죠. 나는 하드디스크도 가지고 있어요. 두 사람이 범죄를 모의한 대화는 충분히 복원 가능해요."

"그럼 더 이상 묻지 않아도 되잖아요?"

"난 진실을 알고 싶어요."

"……그 사람이 유일했어요. 내 말을 믿어준 건 그 사람뿐이었어요."

"경찰이나 상담센터에 미리 신고를 했으면……."

이지원이 연우의 말을 자르고 매섭게 노려보며 소리쳤다.

"했어! 했다고! 하지만 아무도 안 믿었잖아! 집안일은 가족끼리 해결해라, 그 정도 일에 경찰이 출동할 수 없다! 그런 말밖에 안 하잖아요? 그럼 누가 우릴 도와줘요?"

"방법이 틀렸어. 딸이 아버지를 죽이면…… 존속살인으로 사형이거나 무기거나……."

"아버지가 딸을 죽이면요?"

연우는 예상치 못한 질문에 말문이 막혔다.

"그것보단 가볍죠?"

이지원의 목소리는 차갑게 가라앉았다. 반박할 수 없었다. 부모가 자식을 죽이는 것보다 자식이 부모를 죽였을 때 더 큰 형벌을 받는 게 우리나라의 법이었다.

"……그래도 이건 아니야."

연우는 사람을 죽이는 건 대안이 될 수 없다는 걸 말하고 싶었다. 비록 그게 아무 힘이 없더라도. 하지만 이지원은 연우의 눈을 보고 흔들림 없이 말했다.

"아니. 아무도 몰라. 내가 어떻게 살았는지. 나는 피해자야."

심문실 안에는 정적이 흘렀다. 잠시 후 노크 소리가 이어지고 박 팀장이 들어왔다. 박 팀장은 연우에게 보호자가 기다리고 있으니 참고인 조사를 마무리하라고 지시했다. 그사이 이지원은 탁자 위에 놓인 포스트잇을 바라보았다. 우물에서 빠져나온 사람은 스스로를 피해자라고 되뇌고 있었다. 문제는 소녀를 살리는 대신 다른 사람이 우물에 갇히게 되었다는 점이었다. 하지만 연우는 결정을 해야 했다.

이지원은 피해자 신분으로 참고인 조사를 마치고 보호자 오선숙에게 인계되었다. 오선숙은 절뚝거리며 걷는 이지원을 부축하며 복도를 걸어 나갔다. 열 걸음 앞에 쓰레기통이 보였다.

"엄마."

"응?"

"늦지 않게 찾아줘서…… 고마워."

이지원은 쓰레기통 옆을 지나치며 포스트잇을 버렸다. 연우는 이지원 모녀의 뒷모습을 멀리서 지켜봤다. 그리고 포스트잇을 버리듯 터미널 뒷골목에서 이승구의 휴대 전화를 버리는 이지원의 모습을 상상했다.

* * *

연우는 컴퓨터 모니터에 사건 보고서를 띄워놓고 한 줄도 쓰지 못했다. 말은 되지만 중요한 문장은 지워진 이야기였다. 나는 무엇을 놓치고 있는 걸까. 박 팀장은 준배에게 밤샘 근무했으니 조기 퇴근하라며 지시하고, 준배가 나가자 조용히 연우의 곁으로 다가왔다.

"명심해. 이지원이는 피해자 신분이야. 장경진이 단독 범행이라고 자백했고, 모든 정황이 들어맞고!"

"역시 팀장님도 이상하다고 느끼셨죠?"

연우가 퇴근하는 박 팀장의 뒤에 대고 물었다. 문을 열고 나가던 박 팀장은 다시 돌아와 연우에게 설교했다.

"일 키우지 마, 너! 죽은 애비 입장을 생각해라. 또라이 강도한테 죽은 게 낫지. 자기 딸 연루된 사건이면 그게 무슨 망신이야? 그리고 그게 남은 가족한테도 나은 거야. 가정 폭력, 학대 문제 불거지면 살던 아파트랑 얼마 안 되는 재산이 이지원, 오선숙한테 곱게 가겠냐? 장례식 부랴부랴 치른 이승구 형제들이 가만두겠냐 이 말이야. 정의 구현도 중요한데 제일 중요한 건!"

"알았어요. 들어가세요."

생각의 과정은 달랐지만 어떤 의미에서는 박 팀장의 말이 맞았다. 박 팀장은 그제야 연우의 말에 안심하고 나갔다. 그때, 연우의 메일 알람이 울렸다. 국과수 최 박사로부터 온 메일이었다.

〈전에 나한테 검사하라고 보냈던 보라색 알약 말이야. 덱스트로암페타민이라고 일종의 각성제야. 미국에서는 ADHD 치료제로 쓰이긴 하는데 의존성이 높아서 문제 되고 있고, 우리나라에서는 금지 약물이지. 근데 이거 어디서 난 거야?〉

"선배님!"

그때, 준배가 다시 사무실로 돌아왔다.

"끝난 사건이지만 전에 말씀하셨던 하드디스크 복사본이요. 원본은 형사과 강력팀 2차 조사 나갈 때 같이 가서 아무도 모르게 다시 연결해 뒀으니까 걱정 안 하셔도 돼요."

"고마워. 생각보다 먹통은 아니네."

준배는 연우의 칭찬에 기분 좋게 인사하고 다시 퇴근했다. 연우는 보고서 창을 끄고 준배가 주고 간 하드디스크 복사본을 연결해 열었다. C, D 드라이브에는 특별한 자료, 내용물이 없었다.

연우는 아프리카 티비에 접속했다. 로그인 창을 누르자 저장된 아이디, 비밀번호로 자동 로그인이 되었다. 그리고 순간 쪽지 도착 알람이 울렸다. 발신자 이름은 '찰리'였다. 5년 전, 연우가 강남 환각제 유통 사건으로 뒤를 쫓던 마약 판매책의 이름과 같았다. 그때도 이렇게 카페 쪽지로 찰리에게 접근했었다. 그리고…….

연우는 망설이다가 조심스레 쪽지를 클릭했다.

〈뉴스 봤어. 기대 이상이던데? 생각보다 훨씬.〉

연우는 뭔가 있다는 직감이 들었지만, 선불리 대화를 이어가기는 힘들었다. '그래.', '그래요?'를 쓰고 지우며 고심하는 사이 다시 찰리로부터 쪽지가 도착했다.

〈잊지 마. 이 게임은 내가 허락해야 끝날 수 있어.〉

2부

찰리찰리 게임

yes	no
no	yes

검은 화면 속에는 종이 한 장이 놓여 있었다. 연필을 쥔 손은 종이에 줄 두 개를 십자 모양으로 엇갈려 그리고, 사 등분 된 공간에 Yes, No를 번갈아 가며 썼다. 그리고 두 개의 연필을 십자 모양으로 겹쳐 올린 후 균형을 맞췄다.

"찰리야, 찰리야, 너 어디 있니? (Charlie, Charlie, where are you?)"

두 개의 연필이 위태롭게 흔들리며 소녀들의 목소리에 응답했다.

1.

월요일 아침부터 서울종로경찰서 여성청소년과를 찾은 국과수 최 박사는 대뜸 연습장과 연필 두 자루부터 찾았다.

"글쎄. 내가 직접 시범을 보여준다니까?"

"너무 유치하잖아. 그냥 분신사바 같은 거네."

"분신사바는 일본산이고, 하긴 이것도 어떤 의미에서는 서양판 분신사바라고 할 수 있지."

연우는 최 박사에게 보라색 알약 성분에 대해 묻는 김에 '찰리'라는 이름과 '내가 허락하기 전에는 게임을 끝낼 수 없다.'라는 규칙에 대해 떠오르는 게 없냐고 물었었다. 두 가지 단서를 듣고 최 박사가 보낸 영상이 바로 찰리찰리 챌린지 게임이었다.

"외국에서 몇 년 전부터 유행하는 악마 소환 게임인데 찰리찰리 챌린지, 일명 찰리찰리 게임이라고 불리지. 영국, 미국 여러 나라 청소년들 사이에서 꽤 유행하고, 인터넷에도 인증 영상이 많아. 게임은 간단하지. 먼저 바닥에 놓인 종이에 획을 그어서 사

등분 해. 그리고 Yes, No를 번갈아 가며 쓴 다음에 종이 중앙에 연필 두 자루를 겹쳐 올리는 거야. 그 담에 주문을 외워서 악령을 불러내는 거지."

최 박사는 연습장 한 장을 찢어 책상 위에 올려 두고 설명처럼 선을 엇갈려 그려 사 등분을 했다.

"악령 이름이 찰리라고?"

"응. 악령 찰리를 불러낸 다음에 평소 궁금했던 질문을 하는 거야."

"그러면 연필이 저절로 움직인다?"

"아니. 악령 찰리가 움직이는 거지."

연우는 어이가 없다는 듯 최 박사를 쳐다보다가 종이 위의 연필들을 가리키며 말했다.

"연필 하나에 다른 연필을 올려놓으면 불안정할 수밖에 없지. 이런 상태라면 아주 미묘한 움직임이나 숨결에도 연필은 움직여. 이게 아이들에게 기대 심리로 작용하는 거지. 봐."

연우가 아닌 척 작게 한숨을 쉬자 연필이 조금 흔들리며 연필 끝이 Yes에서 No로 움직였다.

"악마를 소환하건 말건 연필은 움직이게 되어 있다. 오케이. 하지만 지금 유 경위는 더 중요한 걸 놓치고 있어. 찰리찰리, 이제 게임을 끝내도 될까요?"

최 박사가 연극배우처럼 허공에 손을 펼치자 연필 끝이 다시 움직여 Yes를 가리켰다. 영문을 모르겠다는 듯 바라보는 연우에게 최 박사는 손가락으로 종이를 가리키며 말했다.

"여기에는 보이지 않지만, 중요한 존재이자 이 게임의 유일한 규칙 말이야. 찰리의 허락으로 시작해서 찰리의 허락으로 끝나야 한다."

연우는 최 박사의 말에 이지원 사건 당시 찰리로부터 받았던 마지막 쪽지를 떠올렸다.

〈잊지 마. 이 게임은 내가 허락해야 끝날 수 있어.〉

"5년 전에 내가 강남경찰서에 있을 때, 연쇄 자살 사건이 있었거든?"

연우의 말에 최 박사는 잠시 생각하다가 그때 그 사건을 기억해 냈다.

"응. 기억난다. 강남 8학군 학생들이 연이어 자살해서 뉴스 보도도 크게 되고 그랬잖아."

"당시 자살했던 학생들의 공통점으로 약물 중독 의심 소견이 나왔고, 같은 카페 회원이라는 거였어. 그래서 뒤를 쫓고 쫓아서 마약 유통책으로 의심되는 카페 운영자를 찾았는데, 그 이름이 찰리였어."

"찰리?"

"5년 전 사건, 이지원이 가지고 있던 보라색 알약, 그리고 찰리라는 닉네임…… 연결 고리가 있는 거 같아. 이런 생각을 하는 내가 예민해?"

그 순간 사무실 문을 열고 경찰 마스코트인 포돌이, 포순이가 들어왔다. 연우는 급하게 대화를 멈추고 최 박사로부터 받은 보라색 알약 성분 분석 자료를 책상 서랍 안에 넣었다. 포돌이와 포순이는 박자가 안 맞아 스텝이 엉키며 옥신각신했고, 포돌이가 성질을 내며 탈을 벗었다. 박 팀장이었다.

"아오! 대가리 무거워. 뒷목에 담 오네. 여고 가는데 포순이만 하면 되지 않냐?"

* * *

동명여고 2학년 2반 교실, 0교시 수업이 막 끝난 뒤였다. 아이들 몇몇이 교실 뒤 책상에 둘러앉아 찰리찰리 게임을 막 시작했다.

"조용히 해! 아…… 뭐부터 물어보지?"

"사회 선생님 사건 물어봐. 진짜 강도가 휘두른 흉기에 죽은 건지 말이야."

"교감 선생님이 교통사고라고 그러셨잖아."

한 학생이 목소리를 낮추며 조심스러워했다.

"야! 부암동 부녀 실종 사건 몰라? 그게 이승구 선생님이랑 딸 이야기래. 학교에서야 그냥 쉬쉬하는 거지. 일단 한 번 물어보자."

그사이 염희정이 교실 뒷문을 열고 들어오다 찰리찰리 게임을 하는 아이들과 그 사이로 비친 종이를 보았다. 염희정의 얼굴에 순식간에 공포가 덮쳤다. 염희정이 가쁜 숨을 쉬며 앞자리로 가는데, 한소영이 염희정의 긴장을 눈치채고 신경이 쓰이는 듯 걱정스럽게 염희정을 바라보았다. 곧이어 담임교사가 들어와 출석을 불렀다. 1교시는 담임교사의 수학 수업이었다.

'찰리야, 찰리야, 너 여기 있니?'

여자아이들의 목소리가 염희정의 귓가에 맴돌았다. 놀란 염희정이 주위를 둘러보았다. 칠판 앞에서는 담임교사가 미적분 문제 풀이를 적고 있었고, 학생들 대부분은 고개를 숙인 채 필기에 몰두하고 있었다. 교실에선 칠판에 미끄러지는 분필 소리가 가장 크게 들릴 뿐이었다.

'찰리야, 찰리야, 너 여기 있니?'

또다시 남자아이들의 목소리가 염희정의 귓가에 속삭였다. 염희정은 목 뒤가 뻣뻣해지고 등줄기에 소름이 끼쳤다. 사방을 둘러봐도 이 소리를 듣는 건 자신뿐인 듯했다. 점점 커지는 목소리에 염희정은 더 이상 참지 못하고 양손으로 귀를 막은 채 비명을 질렀다. 이번에는 모두가 염희정의 목소리를 들었다.

동명여고 운동장 구령대에서 전경들이 '학교 폭력 예방을 위한 감성 콘서트 - 주관: 서울종로경찰서'라고 쓰인 현수막을 걸고 있었다.

"삐뚤어졌잖아. 오른쪽 조금만 더 내려!"

박 팀장은 사무실에서 툴툴거리던 모습과는 달리 가장 의욕을 보이며 현장을 준비하고 있었다. 이어 DSLR을 만지작거리는 연우를 돌아보며 훈수를 뒀다.

"이런 것까지 우리가 해야 하냐고 짜증 내면 안 돼. 우리는 어디까지나 여성청소년과 소속이고, 수사팀이어도 소속된 과의 일은 우선적으로 거들어야 한다 이 말이야."

"누가 뭐래요? 아니까 찍사도 자처한 거잖아요."

"너 그게 제일 중요한 거야. 행사의 하이라이트가 기념사진이다?"

지나가던 여고생들이 구령대 옆을 얼쩡거리는 포돌이 인형을 보고는 귀엽다고 까르륵거리며 지나갔다. 연우는 그 순간을 놓치지 않고 포돌이 탈을 쓰고 부끄러워하는 준배를 향해 셔터를 눌렀다.

11시 50분, 3교시가 끝난 시각이었다. 벽에 걸린 스피커를 통해 동명여고 전체에 교감의 안내 방송이 흘러나왔다.

- 오늘은 우리 동명여자고등학교와 서울종로경찰서가 함께 하는 학교 폭력 예방을 위한 감성 콘서트가 있는 날입니다. 우리 동명여고 학우 여러분들은 열두 시까지 운동장으로 모두 모여주시기 바랍니다.

보건실 안에서도 안내 방송과 아이들의 시끌벅적한 소리가 어렴풋이 들렸다. 염희정은 이불을 덮고 침대에 기대어 앉아 있었다. 담임교사는 염희정의 표정을 살피며 다정한 어투로 물었다.

"오늘 아침에 면담한 거 때문에 신경이 예민해진 거야?"

"……아니요."

염희정은 눈을 마주치지 못한 채 작게 답했다.

"선생님은 희정이가 성적 때문에 너무 고민하지 않았으면 좋겠어. 그동안 꾸준히 상위권 성적을 유지해 왔잖아. 몇 달간 모의고사 성적이 떨어지긴 했지만 아직 2학년이고, 시간은 충분해. 선생님은 희정이의 재능과 성실함을 믿어. 혹시 어머니 때문에 그런 거라면 선생님이 따로 만나 뵙고 이야기 드릴까?"

희정은 '어머니'라는 말에 민감하게 반응했다.

"아니요. 그리지 않으셨으면…… 좋겠어요."

"그래. 오늘 열두 시부터 하는 외부교육은 안 나와도 돼. 일단 오늘은 보건실에서 좀 쉬고 기운을 찾자."

담임교사가 보건실 밖으로 나간 뒤, 염희정의 표정은 더욱 어두워졌다. 이불을 머리끝까지 덮었다가 다시 일어나 앉았다. 그리고 창문 너머 운동장에 모이는 학생들을 한참 동안 바라보았다. 그러곤 휴대 전화를 꺼내어 단축 번호 2를 눌렀다.

화면에 뜨는 이름은 '소영', 신호음이 계속 이어졌다. 하지만 이내 '지금은 전화를 받을 수 없어 소리 샘으로 연결됩니다.'라는 안내 멘트가 흘러나왔다.

교장 선생님의 개회식 인사말이 끝나고 다음 순서는 학교 폭력 풍자 연극 순서였다. 가면을 쓰고 큰 이름표를 단 서울종로경찰서 경찰들이 구령대 위로 올라왔다. 포돌이 탈을 쓴 준배는 연극에도 투입되어 무대 위에 올라갔다. 어설픈 경찰들의 여고생 흉내에 여기저기서 웃음이 터져 나왔다.

행사의 마지막 순서는 학교 폭력 예방 캠페인 OX 퀴즈였다. 운동장 양쪽에 O, X 표시를 하고 사회자가 문제를 내면 학생들이 제한 시간 내에 옳다고 생각하는 답 쪽으로 옮겨가는 형식이었다. 지금까지 지루해하던 학생들은 최종 1인에게 상품을 준다는 말에 적극적으로 참여하기 시작했다.

연우는 여러 각도에서 학교 폭력 예방 교육 현장을 촬영하다

운동장 뒤로 자리를 옮겨 카메라 구도를 와이드로 잡았다. 그때 학교 건물 옥상 가장자리에 위태롭게 서 있는 사람이 보였다. 연우는 잘못 본 건가 하는 생각에 렌즈를 줌인하였다. 동명여고 교복을 입은 학생이 옥상 난간에 서서 아래를 내려다보고 있었다.

"이것 좀 가지고 있어!"

OX 퀴즈에서 탈락한 학생들이 운동장 주변에 서서 행사를 지켜보고 있었다. 연우는 옆에 서 있던 학생에게 카메라를 맡기고 학교 건물을 향해 뛰기 시작했다. 연우의 돌발행동에 몇몇 학생들이 웅성거리기 시작했고, 그중 한 여학생이 놀라며 옥상을 가리켰다.

"저, 저기!"

옥상 난간에 서 있는 학생을 발견하는 이들이 늘어갔고 웅성거림도 커졌다. 구령대 위에 있던 박 팀장과 준배의 시야에서는 옥상에서 벌어지는 상황을 짐작할 수 없었다.

"자, 자! 아직 퀴즈쇼가 끝나지 않았으니까 모두 조용히 합시다!"

사회자의 중재에도 더욱 소란스러워질 뿐이었다. 준배는 머리 탈을 벗고 운동장에 있는 학생들의 시선이 향한 곳으로 돌아보았다. 옥상 난간에 서 있는 여학생, 그리고 그 아래 급하게 학교 건물로 뛰어 들어가는 연우가 보였다. 준배는 사회자가 들고 있는 마이크를 빼앗아 소리쳤다.

"옥상에 있는 학생분, 무슨 일인지 모르지만 꼼짝 말고 있어요! 나쁜 생각은 하지 말아요!"

하지만 상황은 악화하여 오히려 더 많은 이들이 비명을 질렀다. 운동장 대열은 이미 흐트러졌고 학생들은 공포에 질려 있었다.

연우가 가쁜 숨을 몰아쉬며 옥상 문을 열었다. 그 순간 염희정은 뒤돌아 자신을 향해 손을 뻗는 연우와 눈이 마주쳤다. 염희정은 눈물이 번진 얼굴로 왼쪽 발을 허공에 디뎠다. 연우가 손을 쓸 새도 없이 운동장에 있는 학생들의 비명이 이어졌다.

사고 발생 15분 후, 구급차가 동명여고에 도착했다. 구급대원들이 염희정의 상태를 살핀 후 들것에 옮겨 구급차로 이동하였다. 학교 건물부터 교문까지 학생들이 가득했다. 경찰과 교사들이 몰려드는 학생들을 통제하기 위해 애썼지만 쉽지 않았다.

"죽은 건 아닌가 봐."

"몇 학년 몇 반이야?"

수군거리는 소리가 점점 커지고 인파 사이에서 누군가 스마트폰을 꺼내어 촬영을 하자, 점점 스마트폰을 꺼내는 구경꾼들이 많아졌다.

"카메라 안 내려? 너희 다 벌점이야!"

학생부 교사의 훈계에도 소용이 없었다. 사방에서 화살처럼 꽂히는 촬영음에 연우는 재빨리 자신의 제복 재킷을 벗어 염희정의 얼굴을 가렸다. 현장 정리는 박 팀장과 준배가 담당하기로 하였다. 연우는 2학년 2반 담임교사와 함께 구급차를 타고 병원으로 향했다.

* * *

응급실에 도착하자 의료진이 재빨리 염희정의 상태를 살폈다. 의사가 염희정에게 이름이 뭐냐고 물으며 말을 걸었지만 염희정은 횡설수설하다가 의식을 잃었다. 간호사는 재빨리 염희정의 입에 산소 호흡기를 착용하였다. 염희정의 얼굴은 긁힌 상처로 피가 여기저기 흐르고 있었다.

"4층 높이 건물에서 떨어졌어요. 추락지점이 화단 쪽이었는데 머리는 낮은 꽃나무에 부딪혔고요."

연우가 염희정의 사고 당시 상황에 대해서 말했다.

"머리를 아래에 두고 있었나요?"

"네. 엎드린 채로 떨어졌습니다."

연우는 옥상에서 1층 화단을 내려다본 상황을 떠올렸다. 염희정의 머리는 반 즈음 철쭉 화단에 걸쳐 있었고 몸은 바닥에 붙어 엎드린 모양이었다. 다시 건물 아래로 내려갔을 때 준배가 염희정을 반듯이 눕혀 인공호흡을 하고 있었다. 염희정의 오른쪽 팔은 몸에 눌려 골절이 된 듯 힘없이 축 처져 있었다.

의사는 침대에 누운 염희정의 배를 꾹꾹 눌러보다 심상치 않은 표정으로 간호사에게 지시했다.

"배가 약간 불러있고 단단하네. 초음파 기계 가져와!"

담임교사가 염희정의 부모에게 연락하고 다시 응급실로 들어왔다. 의사는 바닥에 부딪히면서 간이나 비장에 손상을 입어 배 안에서 출혈이 발생할 수도 있다고 설명하였다. 만약 출혈이 발생하였다면 응급 수술을 해야 할 수도 있는 상황이었다. 간호사가 기계를 가져왔고 응급 외상 초음파를 실시하였다.

그런데 화면을 보던 의사의 표정이 좋지 않았다. 자신의 눈을 확신할 수 없다는 듯 옆에 선 다른 의사를 쳐다보았다. 그 역시 조심스러운 태도였다.

"선생님, 출혈이…… 아닌데요? 출혈이 아니라……."

의사는 쉽게 말을 잇지 못했고, 연우는 의사들이 보던 초음파 화면을 보았다. 염희정의 배 안쪽에 어른 주먹만 한 크기의 무언가가 보였다. 하지만 연우로서는 그게 무엇인지 알 수 없었다. 담당 의사는 연우에게 이 학생 보호자가 도착했는지 물었다. 연우는 아직 도착하지 않았다고 답했다. 그는 간호사에게 목소리를 낮추어 말하였다.

"산부인과 호출해 주세요."

한편, 여성청소년과는 생각지도 못하게 날벼락을 맞았다. 학교 폭력 예방 캠페인은 석 달 전부터 기획했던 프로젝트로, 오늘 동명여고가 첫 시작이었다. 종로구 전체 중, 고등학교에서 진행할 계획이었으나 당장 다음 주 동명고 캠페인 때 방송국 취재조차 취소해야 할 판이었다.

여성청소년과 과장은 혹시라도 불똥이 튈까 봐 전전긍긍이었다. 박 팀장은 특유의 능청스러움으로 과장과 동료들에게 식사라도 하고 오라며 내보내고 준배와 단둘이 남아 물품 정리를 했다.

"뭐야? 임신이라고? 그 여고생이?"

박 팀장은 연우의 중간보고 전화를 받고 기함했다.

"확실해?"

- 초음파, 의사랑 같이 봤어요. 16주 정도 돼 보인대요. 다시 연락드릴게요.

박 팀장이 전화를 끊자, 준배가 놀라 하며 되물었다.

"임, 임신이요?"

"16주란다. 16주면 4개월이고 배가 티 나게 나오기 시작할 때인데…… 아니 그 지경이 되도록 뭐한 거야?"

"오늘 사고…… 그것 때문에 비관해서 자살하려고 했던 걸까요?"

"어린 것들이 발라당 까져 가지고! 이거 캠페인 방향도 잘못됐네. 학교 폭력이 문제가 아니고만? 하필 또 우리 행사하고 있을 때 떨어져 가지고는. 전 순경! 저 인형 좀 치워 놔라."

박 팀장은 고개를 절레절레 흔들며 담배와 라이터를 들고 밖으로 나갔다. 준배는 동명여고에서 입었던 포돌이 인형 탈과 옷을 접어 캐비닛 안 바구니에 담다 멈칫했다. 인형 옷 소매 부분에 핏자국이 묻어 있었기 때문이다.

사고 현장에 가장 먼저 도착한 사람이 준배였다. 머리 탈을 벗고 여전히 인형 옷을 입은 채 숨을 헉헉거리며 도착했을 때 바닥에 떨어진 염희정이 보였다. 재빨리 달려가 머리를 바로 눕히는데 얼굴은 나뭇가지에 쓸려 상처투성이였다. 숨은 쉬는지 조심히 얼굴 가까이 다가가는 순간, 무섭고 두려웠다.

준배는 피 묻은 인형 옷을 바구니 대신 쇼핑백에 넣으며 상처투성이 얼굴인 가여운 소녀를 생각했다.

* * *

염희정 엄마는 의사의 설명을 믿을 수 없었다. 그래서 거듭 묻고 또 물었다.

"우리 애가 어떻게 애를 가져요? 뭔가 잘못 보신 거죠?"

"산부인과 의료진이 다시 한번 초음파를 시험했는데 태아가

16주 크기에 심장이 멈춰 있습니다. 추락 당시의 충격 때문인 거 같습니다."

연우는 당황하여 말을 잇지 못하는 희정 엄마를 바라보았다. 한눈에도 경제적 여유와 교양이 느껴지는 50대 중산층 전업주부임을 알 수 있었다. 그녀는 로고 백 손잡이를 꽉 쥐고 있었다. 많아 봐야 30대 중반으로 보이는 염희정의 담임교사 또한 당황하기는 마찬가지였다.

"일단 환자는 신경외과 중환자실로 옮겨 뇌내출혈 치료를 하도록 하죠. 그전에 심장이 멈춘 태아를 꺼내기 위해서 유도 분만 약물을 달아야 합니다. 만일의 상황을 대비하기 위해서 수술방에는 산부인과 전문의와 담당의인 제가 함께 들어갈 예정입니다."

"이럴 순 없어요. 그럴 리가 없어. 우리 희정이가……."

여자는 넋이 나간 듯 초점을 잃은 눈빛이었다.

"희정 어머님……."

담임교사의 위로에 희정 엄마는 순간 눈빛이 매서워졌다.

"선생님! 아무한테도 이야기하시면 안 돼요. 오늘 일! 절대 누구한테도 말하면 안 돼요!"

염희정은 여전히 의식이 없었다. 산부인과 의료진이 염희정에게 유도 분만 약물을 투입하는 사이, 연우는 희정 엄마에게 사실 확인을 해야 했다.

"우리 희정이는 그런 애가 아니에요. 그럴 리가 없어요! 이건 무슨 사고가 분명해요…… 말도 안 돼."

"남자 친구는 없었나요?"

연우는 조심스럽게 물었으나 희정 엄마의 표정이 단숨에 일그러지며 없었다고 소리쳤다. 그러다 뭔가 떠오른 듯 낯빛이 더욱 어두워졌다.

"그날인가 봐요. 학원을 안 갔더라고요. 전화를 해도 안 받다가 자정이 넘어서야 연락이 왔어요. 택시 정류장에서 잠이 들었는데 데리러 와달라고. 그때 왜 애가 거기에 있었을까요? 왜 생각을 못 했을까?"

희정 엄마는 고개를 무릎에 묻고 자책했다.

"일단 경찰에 신고 접수 먼저 하세요. 어머님."

연우는 경찰에 신고 접수를 권했다. 하지만 희정 엄마는 망설여졌다. 이러다 아이 임신이 알려지면, 희정이는 어떻게 되는 걸까.

"아직 결혼 안 하셨죠? 부모는…… 진실보다 내 자식 미래가 제일 중요해요."

수술을 받고 나온 염희정은 알아보기 힘들 정도로 얼굴이 퉁퉁 부었고, 작은 손등에는 수많은 관이 연결되어 있었다. 희정 엄마는 그제야 연우의 말을 따르겠다고 힘겹게 말했다.

2.

준배는 퇴근하는 길, 연우로부터 전화를 받고 동명여고로 방향을 돌렸다. 연우는 준배에게 옥상에는 휴대 전화가 없었다며 혹시 사고 현장에 휴대 전화가 있었는지 물었다. 만약 염희정이 전화를 손에 쥐고 있었거나 치마 주머니에 넣어뒀다면 분명 그 주위에 떨어졌겠지만, 기억이 없었다. 어쩌면 당시 너무 당황해서였을지도 모른다고 생각했다. 준배는 다시 학교로 돌아가 휴대 전화를 비롯한 가방 등 소지품을 챙겨서 경찰서로 돌아가기로 했다.

학교에 도착한 준배는 추락지점인 화단 부근 공터부터 찾아갔다. 학교 건물은 야간자율학습 때문인지 교실 불이 켜져 있었지만, 공터에는 가로등도 없어 매우 어두웠다. 준배는 휴대용 손전등을 켜고 무릎을 굽힌 채 휴대 전화를 찾아보았다. 하지만 어디에도 보이지 않았다.

준배는 2학년 2반 교실에 찾아가 담임교사의 감독하에 염희정의 책상에서 소지품을 챙겼다. 쉬는 시간이지만 오전에 있었던 사고를 의식해서인지 학생들은 자리에 앉아 조용히 준배의 행동을 지켜보고 있었다. 준배는 책상 서랍과 가방 안에서 휴대 전화를 찾아보았지만 없었다.

"왜 휴대 전화가 없지?"

준배의 혼잣말에 염희정의 뒷자리 여학생이 작은 목소리로 답했다.

"혹시 보건실에 있을지도 모르는데."

"응?"

학생은 담임교사가 지켜보고 있는지 살폈다. 담임교사는 조금 전 경찰이 왔다는 말을 들은 교감의 호출로 잠시 자리를 비운 상황이었다.

"아까 희정이 보건실 갔었거든요. 갑자기 애가 발작을 해서요."

"발작을 했다니?"

"네. 수업 시간에 갑자기 귀를 막고 소리를 질렀어요. 엄청 조용한데 갑자기 비명을 지르니까 옆 반에서 수업하던 선생님도 무슨 일이냐고 찾아왔어요. 그래서 선생님이 염희정을 보건실에 보냈고요."

그때 그 옆에 앉아 있던 학생이 말했다.

"아니면 소영이한테 물어보세요."

"소영이는 누군데?"

"희정이 제일 친한 친구요."

* * *

불 꺼진 보건실, 한소영은 입구 옆 벽에 있는 스위치를 켜려다가 치마 주머니에서 휴대 전화를 꺼냈다. 통화 목록에는 11시 50분부터 부재중 통화 5개가 와 있었다. 발신자는 '희정'이었다. 한소영은 염희정의 이름에 손가락을 가져가 통화 버튼을 눌렀다. 그리고 휴대 전화를 귀에 가져가지 않은 채 보건실 어디선가 울리는 진동 소리에 집중했다.

한소영은 염희정이 누워 있던 창가 쪽 침대로 다가가 베개 아래에서 염희정의 휴대 전화를 발견했다. 통화 종료 버튼을 누르자, 복도 끝에서 보건실을 향해 점점 다가오는 발소리가 들렸다. 발소리가 가까워지자 한소영은 반대편 구석 침대 아래로 숨었다.

보건실 문이 열리는 소리가 들렸다. 둔탁한 걸음걸이에 약한 담배 냄새가 났다. 전등불을 켜는 대신 휴대용 손전등 불빛을 비추며 침대를 뒤지고 있었다. 한소영이 숨은 창가 쪽까지 다가오자 침대 아래 한소영의 시선에서도 다리가 보였다. 남자였다. 다시 보건실 문 닫히는 소리가 들렸다.

한소영은 침대 아래에서 나와 안심하고 침대에 걸터앉아 염희정의 휴대 전화를 켰다. 그리고 메신저 앱을 실행하여 자신과 대화한 목록을 찾아 지웠다. 그때 갑자기 보건실 전체 불이 켜졌다. 한소영이 놀라 고개를 들자 이번에는 한소영의 휴대 전화가 울렸다.

"한소영?"

입구에서 준배가 한소영을 의아하게 보며 서 있었다.

* * *

자정이 넘은 시각, 을지로 인쇄 뒷골목은 어둡고 스산했다. 지나가는 사람조차 없었다. 낡은 건물마다 셔터가 내려져 있었고 낮에는 시끄러운 소리를 내며 지나다녔을 지게차조차 그림자처럼 한구석을 차지하고 있었다.

연우는 익숙하게 좌우를 살피며 불 꺼진 건물 사이 비좁은 골목 안으로 들어섰다. 축축한 바닥에서 지린내가 올라왔다. 연우는 이 냄새를 맡을 때마다 늪지대에 발이 푹푹 빠지는 것 같은 기분이 들었다.

골목 끝에는 불 켜진 2층 건물 하나가 보였다. 그리고 좁은 계단 입구에는 덩치가 산만 한 아저씨가 작은 플라스틱 의자에 앉아 있었다. 무표정한 남자는 손에 든 라디오로 주파수를 맞추는데 여념이 없었다. 라디오에서 오래된 노래가 흘러나오고, 연우는 아저씨에게 휴대 전화 화면을 보여주었다. 아저씨가 건물 안으로 들어가라고 손짓한 후에야 연우는 계단을 올라갔다.

심야 병원은 매주 목요일 새벽 1시부터 4시까지가 영업시간이었다. 아마도 이전에는 전당포로 쓰였을 작은 공간, 쇠창살 너머로 닥터가 보였다.

금색 뿔테 안경을 쓴 점퍼 차림의 40대 남자. 누군가는 그가 은퇴한 노친네 약사들 면허를 빌려 불법적으로 약국을 운영하다 징역을 살고 나왔다고도 했고, 어떤 이는 그가 실제로 젊은 시절 의대를 다니다 사고를 쳐서 공부를 관두었다는 이야기를 했다. 평소 연우라면 이 남자의 출신과 배경을 찾아 움직였겠지만, 상황이 달랐다. 연우는 이 남자의 도움이 필요했다.

"지난번이랑 같은 처방이면 되죠?"

닥터는 연우를 기억했다.

"네. 근데 저, 가끔 숨을 쉬기 곤란할 때가 있는데……."

연우가 닥터를 찾아오기 시작한 건 3년 전부터이다. 동생 지우가 죽은 후, 연우는 죄책감에 시달렸다. 동생을 죽음으로 내몰았다는 죄책감. 찰리에게 지우의 이름을 빌려 접근한 것처럼 지우인 척 자신이 나갔으면 될 일이었는데……. 경찰청 소속 전 형사는 지우를 마약 판매책으로 오인했다고 고개 숙여 사과했지만 죽은 사람이 살아 돌아오는 건 아니었다.

모든 밤은 그날의 밤이 되어 연우를 꼼짝도 못 하게 만들었다. 병원의 심리 상담과 약물 처방은 일시적인 효과가 있었지만 지속할 수는 없었다. 정신적인 아픔, 정신적인 질병은 경찰로서의 삶을 흔들 수 있는 족쇄가 될 수도 있었다. 하지만 포기할 수 없었다. 연우는 어쩌면 찰리의 흔적을 찾을 수 있을지도 모른다는 생각으로 심야 병원을 찾았다.

얼마가 지나고 해당 형사가 뇌출혈로 사망했다는 부고 소식이 들렸다. 주위에서는 그날 이후로 전 형사가 스트레스를 많이 받았다고 했다. 연우는 생각했다. 아버지의 죽음에 연우가 일정 지분을 가지고 있다는 사실을 준배는 알까? 자신을 원망하진 않을까? 모든 시작은 반드시 범인을 잡겠다는 연우의 쓸모없는 정의감 때문이었을지도 모른다.

"이렇다 하게 아픈 데가 없는데도 호흡 곤란이 올 때가 있어요. 심리적인 게 원인이지."

연우는 닥터가 던진 질문을 이해했지만 쉽게 답할 수 없었다. 닥터는 연우의 표정을 읽고 이해한다는 듯 말을 이었다.

"그걸 알면…… 아가씨가 여길 안 왔겠지만. 멀쩡한 병원 가서 치료받든지."

"못 가요."

손바닥에 약통을 기울여 닥터가 연우를 슬쩍 쳐다봤다.

"기록 남잖아요."

연우는 주머니 속에 넣어온 보라색 알약을 만지작거리며 이걸 닥터에게 물어볼 것인지 고민했다.

"예전에 다른 곳에서 샀던 약이 있는데 같은 거로 구할 수 있을까요?"

닥터는 약을 조제 봉지 안에 담으며 눈만 치켜뜨고 연우를 올려 봤다.

"어떤 거냐에 따라 다르지. 일단 오늘은 3주분으로 줄게요. 단속이 좀 심해져서."

연우는 '단속'이라는 말이 나오자 일순간 긴장했다. 어두운 밤에 일하는 사람들은 작은 기척에도 귀가 밝았다. 흔적을 찾으려다 꼬리가 잘려버리면 더욱 낭패일 수 있었다.

"아가씨는 모르겠지만 경찰들이 쓸데없이 부지런할 때가 있어요. 성가시게."

연우는 보라색 알약에 대해 묻지 못하고 쇠창살 아래로 만 원권 지폐 여섯 장을 밀어 넣었다.

심야 병원 복도, 정민호는 벽에 기대어 휴대 전화 메신저를 들여다봤다. 사진은 사고 후 염희정이 구급차로 실려 가는 모습들이었다. 정민호가 다니는 동명고의 옆 학교에서 일어난 일이라 소문은 순식간에 퍼졌지만, 교사와 재단 사람들에 의해 함구령이

내려졌다. 정민호는 무심하게 손가락으로 화면을 넘기다 한 사진에서 멈추었다. 염희정의 얼굴을 제복 윗옷을 벗어 가려주는 연우의 사진이었다. 정민호는 연우의 얼굴을 유심히 들여다보았다.

삐거덕거리는 문소리가 들리고 연우가 심야 병원을 나와 정민호를 스쳐 지나갔다. 정민호는 짧게 연우의 얼굴을 보고 고개를 숙였지만, 단번에 사진 속 여자와 동일 인물임을 알아챘다. 연우가 계단 아래로 사라질 때까지, 정민호는 연우의 뒷모습을 바라보았다.

닥터는 약병을 정리하다가 정민호가 들어오는 모습을 보고 '어, 왔어?'라며 친근하게 반겼다. 정민호는 고개를 숙여 인사하고 배낭에서 오만 원권 다발을 꺼내어 쇠창살 안으로 밀어 넣었다. 지폐를 들어 쓰다듬으며 금액을 확인한 닥터는 선반 아래에서 상자를 꺼내어 건넸다. 정민호는 그 자리에서 상자를 뜯어 내용물을 확인했다. 약속한 양만큼이 담겨 있었다.

"주문량을 맞추기가 힘들어. 요즘 세관 단속도 심해졌고. 꼬리 밟히기 전에 적당히 오더 조절을 하는 게 좋을 거야."

"방금 나간 여자는 누구예요?"

"약쟁이 아니면 환자지."

닥터는 정민호의 질문에 대수롭지 않게 답했다.

"약쟁이는 아닌 거 같은데."

"그럼 환자겠지. 왜?"

"닮은 사람을…… 알아서요."

"그게 나랑 무슨 상관이야?"

금테 안경 너머 남자의 눈빛이 빛났다. 정민호는 말과 행동이 다를 때 가장 쉬운 방법을 잘 알고 있었다. 지갑에서 오만 원권 4장을 꺼내어 쇠창살 안에 걸쳐두었다. 역시 닥터는 씨익 웃으며 지폐를 낚아챘다.

"한 3년 됐나? 목요일마다 와서 우울증약이랑 신경 안정제 받아 가. 처음에는 불면증이라고 하더니 점점 상태가 안 좋아져. 내 생각엔 말이야. 그 여자는 지금 이 근처에 세워 둔 차 안에서 당장 약 한 봉을 뜯어서 삼켰을 거야. 약쟁이든 환자든 당장 밀려드는 고통 앞에 참을성이 없거든. 그래서 우리 같은 사람들이 필요한 거지. 눈을 몇 번 깜박이면 초점도 안 맞고 번진 것 같던 세상을 또렷하게 만들어주니까."

* * *

다음 날 아침, 연우는 출근하자마자 박 팀장에게 염희정 성폭력 사건 접수에 대해 보고했다. 박 팀장은 고민스러운 표정으로 의자를 뒤로 젖히고 앉아 보고를 들었다.

"피해자 상태는 어때?"

"지금 중환자실에 있고 아직 의식이 없어요."

"그럼 진술도 못 받잖아? 응급실에서 하는 성폭력 진단 키트 있잖아. 그거 안 돼?"

"성폭력 발생 후 72시간이 경과하면, 법의학적 증거를 찾을 확률이 희박합니다. 이미…… 16주가 지났잖아요."

박 팀장은 답답하다는 듯 연우를 쳐다봤다.

"한 번이 아니라 지속적으로 당했을 가능성도 있잖아."

"피해자 학생 어머니 말에 따르면 늘 자신이 학교와 학원을 차로 데려다주고 데려오기 때문에 불가능하다고……."

박 팀장은 단번에 연우의 말을 잘랐다.

"불가능하기는? 이미 벌어졌잖아! 하필 또 학교 폭력 캠페인 하는 날 옥상에서 뛰어내릴 건 뭐야."

투덜투덜하던 박 팀장은 가능성을 열어둬야 한다고 충고했다. 폭력이 아닐 가능성.

"애들이 뭐 하고 다니는지 부모가 어떻게 알아? 무슨 말인지 몰라? 내 말은 남자 친구랑 좋아 지내다 애가 들어선 걸 수도 있단 말이야."

박 팀장의 이야기를 말없이 듣던 연우가 차분히 말했다.

"팀장님, 염희정이 언제, 어디서 투신했죠?"

박 팀장은 무슨 말 같지도 않은 소리를 하냐는 듯 연우를 쳐다보았다.

"너 지금 내 기억력 테스트하냐?"

"남자 친구와의 사이에서 애가 생겼다면 당연히 미성년자인 염희정은 고민했겠죠. 아직은 예민하고 미성숙한 나이니까요. 수술비가 필요했을 수도 있고 엄마가 알까 봐 두려울 수도 있어요. 남자 친구와의 갈등으로 자해를 할 수도 있고요. 하지만 염희정은 대낮에 그것도 전교생이 모여 있는 운동장을 향해 몸을 던졌어요. 보란 듯이. 실패 없이 죽으려면 적어도 17층 이상 아파트 옥상으로 찾아가야지, 왜 4층짜리 학교 옥상이겠느냐고요. 염희정은 누군가 자신을 보기 바란 거예요."

박 팀장은 연우의 말을 주의 깊게 듣다가 다시 강하게 말했다.

"유연우야. 나는 프로파일링 같은 말장난 안 믿어. 물론 범행 동기를 파악하는 물꼬가 될 수는 있겠지. 하지만 사건 해결에 제일 중요한 건 증거야, 증거! 프로파일링으로 영장 나오냐? 손에 잡히는 증거 없으면 말짱 꽝이라 이거야. 확실한 거 없으면 들쑤시고 다니지 말아라!"

연우는 어쩔 수 없이 자리로 돌아가 앉았다. 준배가 종이 쇼핑백을 들고 와 연우에게 건넸다. 지난밤, 동명여고 2학년 2반에서 가져온 염희정의 가방과 소지품들이었다. 그리고 준배는 책상 위에 '한소영'이라는 이름과 전화번호 11자리가 적힌 종이를 올려놓았다.

"염희정 학생 베프래요. 휴대 전화 챙기러 보건실에 왔더라고요."

연우는 염희정의 휴대 전화를 열어 살펴보았다. 전화 발신 목록과 메신저 대화 목록 전체가 지워져 있었다. 책가방 안에 담긴 교과서, 문제집을 꺼내고, 보조 주머니를 모두 열어보았다. 그러자 책가방 가장 안쪽에 위치한 지퍼 주머니 안에서 뭔가가 집혔다. 낱개로 포장된 보라색 알약이었다.

점심시간, 연우는 혼자서 남아 염희정의 다이어리 읽었다. 평범한 꾸밈의 월간 플래너였다. 칸칸이 학원 스케줄과 모의고사 날짜 등이 적혀 있었다. 여고생답게 스티커가 붙어 있거나 색펜으로 장식한 그림들도 있었는데, 연우의 시선을 끄는 건 주기적으로 붙어 있는 알약 모양 스티커였다. 어김없이 스티커 밑에는 '찰리'라는 이름이 쓰여 있다.

'찰리'라는 이름을 본 연우의 눈빛이 반짝였다. 하지만 최근 16주간은 알약 스티커가 보이지 않았다. 순간 연우의 머릿속을 스쳐 가는 그림, 염희정의 보라색 알약은 이지원의 방 책상 서랍에서 발견했던 보라색 알약과 같은 것이었다. 연우는 염희정이 가지고 있던 보라색 알약을 국과수 최 박사에게 보내고 동명여고로 향했다.

* * *

염희정의 담임교사가 연우에게 염희정의 친구 한소영과의 만남을 주선했다. 두 사람은 함께 보건실로 가며 대화를 나눴다.

"희정이는 줄곧 전교 5등 안 등수를 놓친 적 없었어요. 그러다 몇 달 전부터 모의고사 성적이 떨어지기 시작했어요. 어제 아침에도 그래서 짧게 면담을 했고요."

"염희정 학생은 남자 친구가 있나요?"

"아뇨, 없는 거로 알고 있어요. 간혹 옆 남학교 아이들과 어울리는 애들도 있지만, 희정이는 그런 아인 아니에요."

담임교사는 염희정의 어머니가 아이의 성적과 진학에 무척 관심이 많은 편이라고 덧붙였다.

"오늘 만나기로 한 한소영 학생과는 많이 친했나요?"

"네. 같은 중학교 나오고 단짝이에요. 거의 늘 붙어 다니니까요."

연우와 마주한 한소영은 긴장한 기색이 역력했다. 연우는 분위기를 풀어보려 친근하게 말을 건넸다.

"조용한 곳을 찾다 보니까 보건실이 나을 거 같아서."

"……희정이는 괜찮나요?"

"강북병원 중환자실에 있어요."

연우가 건넨 음료수를 받은 한소영은 두 손으로 병을 꼭 쥐고 고개를 숙이고 있었다.

"희정이가 요즈음 성적이 떨어져서 고민이었다는 말을 들었는데?"

"그래도 워낙 잘했어요. 저보다 희정이가 잘해요."

"라이벌이네?"

연우의 지나가는 말에 한소영의 표정이 굳었다.

"아무리 친해도 친구가 나보다 앞서가면 그렇지 않나?"

"아니요. 어떻게 들으셨는지 모르겠지만 저랑 희정이는 많이 친해요."

피해자 염희정이 중환자실에서 의식을 찾지 못하는 지금, 어쩌면 한소정은 염희정에 대해 가장 많은 것을 알고 있을 아이다.

"어제 일은 어땠어요? 어제 희정이 병원 치료받는 거 지켜보면서 생각이 많았어요. 왜 하필 학교 옥상이었을까? 그것도 모든 학생이 운동장에 모였을 때. 꼭 누군가는 자신의 마지막을 봐야 한다고 생각한 것처럼?"

한소영은 어제 있었던 사고를 다시 떠올리며 입술을 깨물었다. 연우는 아무렇지 않게 다시 친근하게 물었다.

"찰리는 뭐래요?"

음료수병을 잡고 있던 한소영의 손이 힘을 잃었다. 테이블 위로 음료수병이 둔탁한 소리를 내며 미끄러졌다. 연우는 그런 한소영의 표정을 놓치지 않고 염희정의 다이어리를 내밀었다. '찰리'라는 손 글씨가 쓰인 페이지였다.

"어제 일보다 먼저 있었던 일, 16주 전 찰리와 만난 날…… 진짜 사건이 있었던 거죠. 그죠?"

"희정이한테 직접 물어보세요."

한소영이 당황하며 말했다.

"그러고 싶은데 물을 수가 없어요. 아직 의식이 없거든요."

연우는 자신의 휴대 전화가 적힌 메모지를 한소영 앞에 두었다.

"생각해 보고 연락 줘요."

보건실 문을 열고 나가던 연우가 다시 뒤돌아 한소영을 보며 말했다.

"아! 어차피 어제 한소영 학생이 지운 메신저 대화 내용은 지금 복구 중이고 저녁 6시 전까지 내 책상 위에 놓여 있을 거예요. 알아두라는 의미에서 하는 말이에요."

연우가 나간 후에도 한소영은 한참 동안 보건실에 남아 있었다.

연우는 동명여고 정문 건너편 도로에 차를 세우고 한소영이 하교할 때까지 기다렸다. 날이 지고 어두워졌을 때, 2학년 2반 담임교사로부터 전화가 왔다.

- 형사님, 저 희정이 담임입니다.

"네, 선생님."

- 이런 말씀 드리기 어렵지만, 어제 일로 학교나 재단 쪽에서 부담스러워하시네요. 되도록 수업 시간 중에 학교에 찾아오는 일은 삼가 달라는 지시가 내려와서 말씀 전합니다.

"네. 무슨 말씀이신지 알겠습니다."

- 죄송합니다.

담임교사는 자신의 잘못인 것처럼 미안해하며 전화를 끊었다. 어느 정도 예상했던 일이었지만 입이 쓴 건 어쩔 수 없었다. 저녁 9시가 넘자 정문에서 학생들이 삼삼오오 짝을 지어 나왔다. 한소영이 모습을 보인 건 학생들이 거의 다 빠져나간 후였다. 연우는 건너 차선에서 한소영이 걷는 방향으로 천천히 차를 움직였다.

한 시간 후, 한소영이 도착한 곳은 학원이 아닌 강북병원이었다. 긴장되는 듯 책가방 어깨끈을 꼭 쥐고 중환자실 창문 안쪽을 살펴보고 있었다. 한소영은 침대 끝에 달린 '염희정'이라는 이름표를 발견하고 일순간 굳어버렸다. 뚱뚱 부은 얼굴에 산소 호흡기를 단 채로 눈을 감고 있는 염희정의 모습, 주삿바늘을 꽂고 테이프를 덕지덕지 붙인 손이 나란히 배 위에 올려져 있었다.

한소영은 그날 밤, 작업실에서 보았던 광경을 떠올렸다. 그날 밤에도 희정은 몸을 가누지 못한 채 소파에 쓰러져 있었다. 그때 나는 무얼 했지? 누군가 희정을 일으키려고 했고 그때 희정의 팔이 의지 없이 툭 떨어졌다. 그날 밤처럼 한소영이 뒷걸음치며 뒤돌아섰을 때 연우가 다섯 걸음 앞에 서 있었다.

"지금 또 그렇게 돌아서면 후회될 거예요. 아주 많이."

한소영은 차오르는 눈물을 참지 못하고 주저앉았다.

3.

연우가 한소영을 차로 데리고 가서 가장 먼저 확인한 것은 염희정의 가방에서 발견한 보라색 알약이었다.

"희정이 가방에 이게 있었어요. 우리나라에서는 판매 금지된 약이고 먹으면 잠이 안 오죠. 일종의 각성제예요. 이걸 왜 희정이가 가지고 있었는지 설명해 줄 수 있어요?"

한소영은 연우로부터 보라색 알약을 건네받아 손 위에 두고 망설였다. 이내 한소영은 염희정에게 이 약을 준 사람이 자신이라고 했다. 그러곤 처음 보라색 알약을 염희정에게 준 날부터 이야기했다.

* * *

휴대 전화 시간을 확인하니 밤 11시가 조금 넘은 시각이었다. 화장실 안쪽 칸에서 희정은 여전히 엄마와 통화 중이었다.

"아니, 엄마. 그건 아는데…… 성적 떨어진 거 내가 더 속상해.

근데 지금 수업 끝나고 또 다른 수업 들으러 가기에는 너무 힘들고 졸리고. 응…… 네…… 네……."

화장실에 있던 다른 학생이 손을 씻는 사이 소영은 희정의 가방을 대신 들고 서서 거울을 보며 하품을 했다. 피곤해. 학교 수업, 야간 자율학습, 학원 강의까지. 점심, 저녁을 제외하고 대부분 시간을 책상과 칠판을 마주하고 보내는 셈이니까.

손을 씻던 학생이 나가는 걸 확인한 후 소영은 주머니에서 보라색 알약을 꺼내어 비타민처럼 씹어 먹었다. 희정의 통화 소리는 더 이상 들리지 않았다. 조용한 화장실. 소영은 희정이 들어갔던 화장실 칸을 향해 소리쳤다.

"염희정? 안 나와?"

"……."

"또! 또! 너 계속 거기 있으면 냄새난다?"

문이 열리고 좌변기 위에 쪼그리고 앉은 희정이 보였다. 입꼬리를 내리고 울상을 짓는 희정을 소영은 웃으며 잡아끌었다. 희정은 고민이 있으면 화장실에 틀어박히는 게 대표 습관이었고, 성적이 떨어진 게 최대 고민이었다.

소영은 희정과 함께 학원 앞 도로 옆에서 희정 엄마가 픽업을 올 때까지 기다려줬다.

"또 엄마 차 타고 과외 가는 거야?"

그날따라 희정은 많이 지쳐 보였다.

"근데 너무 졸려. 조느라 과외 쌤이 하는 말도 거의 못 알아들어."

소영은 풀이 죽은 희정의 모습에 고민하다가 주머니에서 보라색 알약을 꺼내어 희정의 손에 쥐여주었다. 그때 희정 엄마가 모는 검은 세단이 희정과 소영 옆에 섰다.

"뭐야?"

"버블티. 잠 너무 많이 오고 집중 안 될 때 먹어. 알았지?"

조수석 창문이 내려가고 희정 엄마가 희정을 재촉했다. 소영은 검은 세단이 떠난 후 지하철 입구로 걸어 내려갔다.

희정이 1:1 과외를 마치고 집에 돌아오면 새벽 1시가 넘었다. 잠이 쏟아졌지만, 내일까지 영어단어 50개를 외워야 했다. 희정은 스탠드만 켜놓은 책상에 앉아 다시 공부를 시작했다. 쏟아지는 잠을 쫓아보려고 눈을 감고 고개를 저을 때, 문득 소영이 말한 버블티가 생각났다. 교복 주머니를 뒤져 소영이 준 보라색 알약을 꺼냈다. 희정은 손 위에 약을 올려 두고 한참을 망설이다가 입에 털어 넣었다.

효과 만점이었다. 두 시간밖에 자지 않았지만 조금도 피곤하지 않았다. 영어단어 50개 쪽지 시험도 틀린 문제가 없었다. 희정은 어떻게 하면 버블티를 구할 수 있는지 소영에게 물었다. 일주일 후 희정과 소영은 안국역 코인 라커 앞에 서 있었다.

버블티를 사는 방법은 늘 똑같았다. 상대가 누구인지 알 수 없는 1:1 오픈 채팅방에서 찰리에게 필요한 양을 주문하면 얼마 후 코인 라커 번호가 뜬다. 그것을 정해진 날짜, 정해진 시각에 찾아가면 된다. 손을 뻗어 코인 라커함 위를 만지면 먼지와 함께 열쇠가 잡힌다. 물건을 꺼내는 대신 약값은 현금으로 넣어둔 뒤 열쇠를 다시 원래의 위치에 올려놓는 방식이었다.

그날, 희정이 어설프게 망을 보는 사이 소영은 열쇠를 찾아 라커 구멍 안에 넣고 돌렸다. 라커가 열리자 작은 택배 상자가 놓여 있었다. 상자 안에는 낱개 포장된 보라색 알약들이 담겨 있었다. 소영은 희정에게 돈 봉투를 건네받아 라커 안에 넣었다. 소영은 정보를 알려준 대가로 희정에게 버블티 절반을 받았다.

두 달이 지나고, 희정이 다급하게 소영을 이끌고 계단으로 향했다.

"나 그거 하나밖에 안 남았어."

"뭐?"

희정은 지나가는 학생을 의식하며 속삭였다.

"버블티……."

"안 그래도 아까 찰리한테 쪽지 보냈는데 아직 답장이 없어."

소영의 말에 희정은 깊은 한숨을 쉬었다. 그때였다.

〈오늘은 배달이 힘들어요. 괜찮으면 이쪽으로 올래요?〉

찰리였다. 지하철 코인 라커가 아닌 직접 찾아오라고 말한 건 그날이 처음이었다.

찰리가 보낸 약도로 찾아간 곳은 인사동 골목 안쪽에 위치한 신축 건물로, 4층 전체가 유리와 철제로 지어진 아트갤러리였다. 정문에는 '리원'이라는 로고와 함께 '2019년 9월 24일 개관합니다.'라는 안내판이 보였다. 희정은 앞장서서 계단을 올랐지만, 소영은 입구 앞에서 머뭇거렸다.

"괜찮을까? 막 무서운 아저씨면 어떡해?"

"메신저 말투가 아저씨 같진 않았잖아."

"그렇긴 했는데……."

소영은 망설였다. 우연한 계기에 오픈 채팅방 주소를 알게 되었을 뿐이었다. 주기적으로 새로운 방을 파고 기존 방은 폭파되었다. 오직 찰리라는 이름만 바뀌지 않았다. 하지만 그에 대해 아는 건 없었다.

“다다음 주가 모의고사잖아. 우리 그냥 버블티만 받아서 나오자. 돈은 내가 낼게. 버블티는 너랑 나랑 반반 나누면 되잖아.”

희정이 재촉했다. 다다음 주 모의고사는 소영에게도 중요한 일이었다.

“받고 바로 나오는 거다?”

희정은 작게 웃으며 소영의 손을 이끌었다.

어두운 계단을 올라가니 조금씩 음악 소리가 들렸다. 301이라고 쓰인 철제문을 밀자 카페처럼 잘 꾸며진 넓은 공간에서 희정과 소영 또래의 학생들이 어울리고 있었다. 마치 미국 드라마나 할리우드 영화에 나오는 하우스 파티처럼 자유로운 모습에 희정과 소영은 당황했다.

입구에서 주저했던 일은 잊은 채 이런 곳에 교복 차림으로 서 있는 게 이유 없이 부끄럽고 창피했다. 나와는 다른 부류. 그들과 어울리고 싶지만 촌스러운 나. 그리고 왠지 모를 불안함. 그때 소영이 느낀 마음이었다.

희정과 소영을 알아보고 먼저 다가온 사람이 있었다. 이강이었다. 그는 그동안 소영과 주고받은 메신저 대화 창을 보여주며 웃었다. 상상과는 다른 ‘찰리’의 모습이었다.

그동안 소영은 안국역 코인 라커에서 버블티가 든 상자를 꺼낼 때마다 어디선가 검은 후드를 뒤집어쓰고 마스크를 쓴 남자가 자신을 지켜보고 있을지도 모른다고 생각했었다. 하지만 이강은 미소 띤 얼굴로 희정과 소영을 다른 아이들이 어울리는 무리로 데리고 갔다. 그리고는 아직 버블티가 도착하지 않아 조금 더 기다려야 한다고 했다.

상상과는 다른 '찰리'를 마주하자 경계가 풀렸다. 어느새 다른 아이들과 어울려 건배하고 다트 게임을 했다. 희정은 소영에게 주위에 있는 몇몇 아이들을 경시대회에서 본 적이 있다고 귓속말로 말했다. 다른 학교지만 학원이나 경시대회 때 본 애들이 있으니까 왠지 안심이 되었다.

이강이 손에 A4 종이 한 장과 연필 두 자루를 가지고 왔다. 희정과 소영을 포함한 몇몇 아이들은 이강의 주위에 모여 찰리찰리 게임을 시작했다. 처음에는 술 게임이었다. 이강이 희정을 지목하고 찰리에게 묻자 연필 끝이 'Yes'를 가리켰다. 희정은 어쩔 수 없다는 듯 연거푸 벌칙주를 마셨다. 여기까지가 소영이 분명하게 기억하는 그 날의 일이었다. 그 후로 이어지는 기억은 화장실에서 깨어난 일이다.

소영은 화장실 문을 잠근 채 칸 안에 들어가 졸고 있었다. 누군가 화장실 문을 두드렸고 그 소리에 깨어난 기억이 난다. 시계를 보고 10시가 넘었다는 사실을 확인하고 자리에서 일어났지만, 중심을 잡기 힘들 만큼 어지러웠다. 가까스로 세면대를 잡고 교복 블라우스가 젖도록 찬물을 끼얹었다.

소영이 작업실로 돌아갔을 때 여자아이들은 보이지 않았다. 초점이 흐렸지만 긴 소파에 쓰러져 있는 희정이 어렴풋이 보였고, 희정을 둘러싸고 있는 이강과 다른 남자아이들이 보였다. 이강이 뒤돌아 자신을 보았을 때, 소영은 무언가 잘못되었다는 걸 깨달았다.

소영은 두려움에 뒷걸음질 쳤다. 희정이 아직 그 방에 있는 걸 알지만, 그리고 조금 전 느낀 불안감이 어떤 어둠인지 직감했지만, 소영은 계단 아래로 뛰어 내려가 밖으로 향하는 문을 열었다. 어디까지 왔는지 모를 만큼 뛰어왔을 때, 소영은 어지러움을 느끼며 주저앉았다.

* * *

"그리고 그날 어떻게 집에까지 왔는지 기억이 나질 않아요. 엄마 말로는 택시 기사 아저씨가 대신 연락을 해주셨대요."

한소영은 여전히 겁에 질린 채 말했다.

"그날이 6월 21일이에요?"

"네…… 모의고사 2주 전이었으니까요. 다음 날에도 그다음 날에도 희정이는 아무것도 기억을 못 했어요. 일어났더니 정류장에서 졸고 있었다고 했어요. 머리가 너무 아프고 허리랑 골반이 저리고 아프다고. 그래서…… 무서웠어요. 내가 입 밖에 꺼내면, 그날 무슨 일이 있었는지 확인하면 모든 게 진짜가 되어 버릴 거 같아서. 저도 물어보지 못했어요."

한소영은 그날 이후 염희정을 피했다고 했다.

"어쩌면…… 나였을지도 모르잖아요."

소영은 자신 때문이라는 죄책감과 내가 아니라는 안도감을 동시에 느꼈다. 그날 아침 염희정으로부터 메시지를 받기 전까지.

염희정은 전화를 받지 않는 소영에게 사진 한 장을 보냈다. 사용한 임신 테스트기였고, 빨간 줄이 두 개 그어져 있었다. 임신이었다.

"그 사진을 받기 전까지는 정말 몰랐어요."

"무서웠을 테니까."

연우의 말에 한소영은 곧 울음이 터질 것처럼 눈이 붉어졌다.

"그날 그곳에서 봤던 남자아이들을 기억할 수 있어요?"

용의자를 좁혀야 했다. 하지만 한소영은 여전히 두려움에 망설였다.

"우리가…… 희정이를 도와야 해요."

머뭇거리던 한소영이 말했다.

"하지만 버블티요. 저랑 희정이가 약을 먹었다는 걸 선생님이나 부모님이 아시면……."

"약에 관한 이야기는 하지 않을게요. 내가 궁금한 건 그날 학생들을 그곳으로 불렀던 사람이 누구냐는 거예요. 찰리 말이에요."

"대신 약속해 주세요."

한소영이 마른 입술을 깨물었다.

"비밀로 해주세요. 혹시 제가 말한 걸 알고 그 애들이 찾아오면……."

"약속해요. 비밀 지킬게요."

한소영은 그날 자신이 봤던 찰리, 이강에 대한 몽타주 작성을 돕기로 했다. 연우는 조사실과 창 하나를 사이에 둔 방에서 몽타주 작성을 돕는 소영을 지켜보고 있었다.

한소영을 기다리는 동안 국과수 최 박사로부터 연락이 왔었다. 최 박사는 염희정의 가방에서 발견된 보라색 알약이 이지원의 책상 서랍 속에서 발견했던 것과 동일 성분이라는 분석 결과를 전해줬다. 우리나라에서는 금지 약물인 각성제가 학생들 사이에서 '버블티'라는 이름으로 불법 유통되고 있는 것이었다.

얼마나 많은 아이가 '버블티'를 손에 쥐고 있을까. 아니, 찰리는 약을 담보로 얼마나 많은 아이를 손바닥 위에 올려놓고 있을까.

5년 전 강남 8학군 위주로 퍼졌던 불법 각성제, 희생된 아이들, 그리고 중간 판매상 닉네임 '찰리'. 지금과 너무 그림이 비슷하다.

달라진 게 있다면 망가진 연우, 자신이었다. 5년 전 중간 판매상 찰리는 미성년자에게만 약을 팔았다. 그래서 연우는 동생 지우에게 부탁했었다. 언니가 몇 발자국 뒤에서 지키고 있을 테니 걱정하지 말고 약만 받아오면 된다고. 하지만 지우를 중간 판매상으로 오인한 경찰차가 밀고 들어왔고, 그날이 지우의 마지막 날이 되었다. 그리고 찰리는 종적을 감췄다. 마치 모든 목적을 이뤘다는 듯.

* * *

연우는 용의자 몽타주가 완성되는 사이 방범용 CCTV 통합관제센터로 갔다. 한소영이 말한 작업실 주소는 서울시 종로구 인사 21길 5였다. 센터 직원이 연우가 불러주는 주소를 입력하고 인근 지역 CCTV를 모니터에 띄웠다. 화면에 잡힌 건물 입구에 '리원'이라는 로고가 선명히 보였다.

"날짜가 언제라고 하셨죠?"

"6월 21일이요. 18시부터 24시까지 교복 입은 여학생 두 명이 건물 안으로 들어가는지부터 확인할게요."

센터 직원이 화면을 빠르게 돌리자 20시가 조금 넘긴 시각에 골목으로 들어와 입구 앞에서 망설이는 염희정과 한소영이 보였다. 연우는 화면 하단에 보이는 시간을 확인했다. 20시 15분이었다.

연우는 센터 직원에게 조금 더 빨리 재생해 달라고 부탁했다. 화면 속 22시 30분경 소영이 갤러리를 뛰어나오고, 23시가 넘은 시각 염희정을 부축해서 나오는 사복 입은 남학생 네 명이 보였다. 세 명이 염희정을 부축해서 사라지는 사이, 이강은 갤러리 앞에서 어딘가에게 전화를 하고 있었다.

"그대로 데이터 복사 부탁드려요."

"네. 조금만 기다리세요."

센터 직원은 상부 허가를 위해 잠시 자리를 비웠다. 잠시 후 연우에게 경찰서로부터 몽타주가 완성되었다는 전화가 왔다. 통화를 하는 연우의 등 뒤로 모니터에서는 CCTV 영상이 계속 재생되고 있었다. 24시가 지나고 검은색 후드를 뒤집어쓴 소년이 리원 갤러리 건물 뒤쪽에서 걸어 나왔다. 하지만 등지고 선 연우는 소년의 모습을 보지 못했다.

준배는 여성청소년과 사무실에서 이동 통신사에 협조 요청을 보냈던 염희정에 관한 자료를 정리하고 있었다. 염희정의 휴대 전화 통화 목록, 문자 목록, 메신저 대화 기록 등 각각의 서류에 포스트잇으로 제목을 적어 연우의 책상 위에 올려 두었다. 준배가 서류 배치에 신경 쓰며 뿌듯해하는 사이, 박 팀장과 최 박사는 커피를 마시며 이야기 중이었다.

"최 박사님 요즈음 너무 자주 온다?"

"그러니까요. 자꾸 나를 불러요. 어르신들이 궁금한 게 많으신지."

"일 끝났으면 원에 복귀해야지, 왜 여길 얼쩡거려?"

"온 김에 유 경위 보고 가려고요. 받을 것도 있고."

"별로 친하지도 않으면서, 무슨."

"아닌데? 우리 되게 친한데? 모르셨어요?"

"퍽이나."

그때 연우가 사무실로 들어왔다. 연우는 최 박사를 보자마자 말없이 쇼핑백을 건넸다.

"받을 거 받았으니까 전 갑니다!"

최 박사는 서둘러 사무실을 나갔다. 연우는 준배에게 CCTV 영상이 담긴 USB와 한소영의 증언을 바탕으로 그린 용의자 몽타주, 그리고 CCTV 출력 사진을 건넸다.

"염희정 친구 한소영 증언으로 확보한 증거들이야. 일단 그 애가 말한 게 사실인지부터 확인하자. 내일 종로구 소재 남자 고등학교, 공학 고등학교 단체 사진 입수해서 오전 10시까지 몽타주, CCTV 사진과 일치하는 인물 찾아봐."

"내일 오전 10시까지요?"

다음 날 새벽 6시, 연우는 출근하다 사무실 중앙에서 발에 걸려 넘어질 뻔했다. 바닥에는 준배가 침낭을 깔고서 몸을 구부리고 새우잠을 자고 있었다. 연우가 준배를 발로 툭툭 차자, 준배는 눈도 못 뜨고 꾸물거리다 연우임을 확인하고 벌떡 일어났다.

"오셨어요, 선배님!"

연우가 손을 저으며 말했다.

"세수하고 와."

화이트보드 칠판에는 사진과 함께 정리된 최이강의 신상 내역이 정리되어 있었다. 얼굴에 물만 묻히고 온 준배가 허겁지겁 들어왔다.

"염희정 통화 내역은 살펴봤어?"

"봤는데 특이한 부분은 없었습니다."

박 팀장이 출근한 후 본격적인 보고가 이루어졌다.

"CCTV 화질이 워낙 좋지 않아서 피해자 염희정을 부축하고 건물을 나선 3명은 신상 찾기가 힘들었습니다. CCTV 마지막 장면에서 전화하고 있는 이 친구는 목격자가 그린 몽타주와 매우 유사한 생김새였고요. 동명고 졸업 사진에서 같은 사람을 찾았습니다."

"졸업 사진이면 졸업생이라는 거야?"

박 팀장이 물었다.

"졸업생은 아니고 고3 학생입니다. 학교 홈페이지에 7월에 미리 찍은 졸업 사진이 모두 올라와 있어서 비교가 쉬웠습니다."

"고3이라……."

박 팀장이 미간을 찌푸렸다.

"아버지는 서울시 의원 최기환, 어머니는 리원 갤러리를 운영하는 판화가 고은미. 그 아래 외동아들 최이강."

용의자의 가족 관계를 읊는 연우를 박 팀장과 준배가 의아하게 바라봤다.

"부모가 자식 끼고 인터뷰를 좀 했더라고요."

연우는 확대 출력한 여성 잡지 인터뷰 기사를 박 팀장에게 건넸다. 기사 제목은 '리원 갤러리 관장 고은미의 교육법, 예술적 엄마와 아들이 사는 법 - 부모는 자식에게 등대와 같다.'라고 쓰여 있었다. 우아하고 품위 있는 차림새의 고은미와 동명고 교복을 입은 최이강은 다정한 모자지간으로 보였다.

"리원 갤러리는 예전부터 작업실이자 개인 사무실로 쓰던 곳이고 9월 24일 오픈했어요."

"최이강 제외한 나머지 세 명은? CCTV 돌려봤어?"

준배는 인사동 주변 지도를 그린 전지를 화이트보드 칠판에 붙이고 설명을 시작했다.

"네. 리원 갤러리가 있는 인사동 골목에서 가까운 택시, 버스 정류장 CCTV를 모두 돌려봤습니다. 두 명이 양쪽에서 염희정 학생을 부축하는 것처럼 앞서가고 뒤에서 한 명이 주위를 살피면서 조계사 앞 4차선 도로 쪽으로 갔습니다."

"그쪽이 밤에는 인적이 드물지."

연우가 혼잣말하듯 말했다.

"맞습니다. 세 사람은 염희정 학생을 6월 21일 11시 50분에 인적이 드문 택시 정류장 벤치에 누이고, 종로타워 방면으로 내려와서 종로 2가에서 0시 20분에 같이 101번 버스를 타는 것까지 확인했습니다."

"시간이 좀 뜨는데?"

박 팀장이 고개를 갸웃거렸다.

박 팀장 말대로 조계사에서 종로타워까지는 10분도 걸리지 않는 가까운 거리였다. 준배는 그 거리 CCTV를 살펴보았지만, 너무 어두워 얼굴을 확인하기 힘들었고 세 명이 함께 움직이는 사람도 없었다고 답했다.

"아직 피해자의 직접적인 증언도 없고, 정황뿐이야. 알지?"

박 팀장은 연우에게 염려스러운 생각을 비췄다. 하지만 연우는 흔들림이 없었다.

"죄를 지었으면 벌을 받아야죠. 당시 상황에 같이 있었던 친구 증언 확보했고, 피해자와 함께 있던 CCTV 데이터까지 확인했잖아요."

"난 네가 확신을 가지면 불안해. 조용히. 확실한 거 나오기 전까지는 조용히야."

"정황이 확실한 진술로 이어지게 할게요."

* * *

동명고등학교 이사장실 안, 교장의 보고를 들은 이사장은 천천히 숨을 고르다가 신경질적으로 책상 위에 놓인 보고서판을 내던졌다. '이사장 정진욱'이라고 쓰인 명패와 액자가 소음을 내며 바닥으로 떨어졌다. 초조한 표정으로 손을 모으고 서 있었던 교장은 엉거주춤 바닥에 떨어진 명패를 주었지만, 다시 제자리에 올려놓지는 못했다.

"투신, 성폭행. 이게 학교와 어울리는 단어들입니까? 학교 관리를 어떻게 하길래 이런 추문에 휩싸이게 합니까?"

"죄송합니다. 워낙 가정환경이나 성적, 어느 부분도 불량스러운 구석이 없었던 학생들이라 저도 무척…… 당황스럽습니다."

"나만큼 당황스럽습니까?"

"송구합니다."

교장은 땀을 삘삘 흘리며 더욱 허리를 숙였다.

"취재 일절 금지입니다. 혹시라도 기자가 전화했다고 선생들이 주제도 모르고 인터뷰하면 안 됩니다. 사건 관할 경찰서가 어디죠?"

"물론입니다. 입단속 시켰습니다. 관할서는 서울종로경찰서라고 합니다."

교장은 거듭 고개를 숙이고 이사장실을 나갔다. 정진욱은 이를 딱딱 부딪치며 고민하다 수화기를 들고 전화를 걸었다.

"서울종로경찰서 서장이랑 약속 잡아. 지금 당장."

4.

수능이 끝난 고3 교실은 부산스러웠다. 대부분의 학생이 자기 자리에 앉아 만화책을 보거나 휴대 전화를 들여다보거나 엎드려 자고 있었다. 교실 뒤에서 장난을 치며 몸싸움을 하는 아이들도 있었다.

그때, 동명고등학교 학생부장이 굳은 표정으로 교실 앞문을 열고 들어섰다. 갑작스러운 학생부장의 등장에 아이들의 시선이 몰렸다.

"지금 호명하는 학생은…… 교무실로 간다. 최이강, 심민철, 박종은, 정상명."

무슨 상황인지 파악이 되지 않았다. 교실 안은 어느새 고요해졌다.

"안 들려, 새끼들아? 최이강, 심민철, 박종은, 정상명!"

순간 불안한 시선들이 오갔다. 침묵을 깨고 의자가 바닥에 끌리는 소리가 들렸다. 교실 가장 뒤에 앉아 있던 최이강이 일어선 것이다. 최이강은 별문제 아니라는 듯 입꼬리를 올리고 교실 뒷문으로 성큼성큼 걸어 나갔다. 교실 밖에선 연우와 준배가 기다리고 있었다.

* * *

"반갑습니다. 이종한 서장님."

북한산 인근 한정식 식당 주차장, 오래된 쏘나타 운전석에서 이종한 서장이 내리자 검은 양복을 갖춰 입은 30대 후반의 안경잡이 남자가 깍듯이 인사했다. 남자가 안내한 곳은 별채 방이었다. 문이 열리자 미리 와 있던 정진욱이 일어나 이 서장을 맞았다.

정진욱이 자리에서 일어나 허리를 숙여 인사하는 것과 달리 이 서장은 가벼운 목례를 하고 먼저 착석을 했다. 정진욱은 표정을 애써 가다듬고 이 서장에게 명함을 건넸다. '사단법인 동명 재단 이사장 정진욱'이라고 쓰인 명함이었다.

"아직 자리를 옮긴 지가 얼마 되지 않아서 드릴 명함이 없네요."

이 서장은 정진욱이 건넨 명함을 보고 외투 주머니에 넣었다.

"괜찮습니다. 서장님. 경찰청장님 소식 들으셨습니까? 안타깝게도 차도가 없다고 들었습니다."

"승승장구하던 양반이 그렇게 쓰러질 줄 누가 알았을까요? 사람 일이 참 알 수가 없지요."

"서장님 명함은…… 천천히 만드셔도 되지 않겠습니까? 조직의 장을 공석으로 오래 비울 수는 없을 테니까요."

"이사장님이야말로 조직의 장인데, 이런 자리까지 신경 쓰기 힘든 상황이지 않습니까? 어린애들이 맹랑하더군요? 뭘 보고 배운 건지, 참."

이종한은 오래된 부동산에서 장기 두는 동네 아저씨처럼 볼품없었지만 정작 얼굴을 마주하면 눈빛을 읽기가 힘든 사내였다. 그때 노크 소리가 들리고 종업원이 사케를 가지고 들어왔다. 정진욱은 종업원을 물린 후 직접 잔을 따라 이 서장에게 권했다.

"교육은 젊었을 때부터 오랫동안 꿈꿔왔던 숙원 사업 중 하나였습니다. 제가 동명 재단을 인수한다고 했을 때 주위에서 염려하는 분들이 많았습니다. 사업을 할 때 고려하는 변수 중 가장 예측이 힘든 게 사람 아니겠습니까? 보고 받으셨겠지만…… 피해자와 피의자가 모두 저희 재단 학생들이라 매우 난처합니다."

"그러시겠죠."

이 서장은 무심히 술잔을 비우고 말을 이었다.

"김 의원님이 전화를 주셨더군요. 꼭 정 이사장님을 만나보라고. 김 의원님은 저를 어떤 사람이라 말씀하시던가요?"

"이렇다 할 단점이나 흠잡을 만한 것이 없는 사람이다, 하셨습니다. 청렴하다는 말씀이시겠지요."

"다르게 말하면 무난하다는 거죠. 무난하면 손해가 많습니다."

어쩌면 일이 쉽게 성사될지도 모른다는 예감이 들었다.

"그 손해, 제가 메꿔 드릴 수 있습니다. 건강하시고 아직 젊으시고 갈 길이 먼 분으로 알고 있습니다. 이번 부탁 하나 들어주십시오. 이 서장님."

이 서장은 대답 없이 회 한 점을 집어 입에 넣고 젓가락을 내려놓았다.

* * *

서울종로경찰서로 옮겨온 염희정 성폭력 사건의 피의자 최이강, 심민철, 박종은, 정상명이 조사를 받았다. 연우는 최이강의 조사를 담당하였다.

"염희정 알죠?"

"아뇨."

다른 용의자 학생들이 고개를 들지 못하고 긴장한 것과는 달리 최이강은 태연했다. 연우는 염희정의 증명사진과 중환자실 침대에 누워 있는 사진을 동시에 보여주었다.

"모른다니까요?"

"왜 몰라? 너랑 네 친구들이랑 네 엄마 갤러리에서 같이 나왔는데?"

연우가 리원 갤러리 입구가 촬영된 CCTV 사진을 보여주자 최이강은 오히려 목소리를 높였다.

"이 계집애 업고 나오는 애들한테 물어봐요. 아줌마! 사진 봐! 내가 얘한테 손끝 하나 대고 있어요?"

"목격자는 다르게 말하던데?"

목격자라는 말에 최이강의 표정이 일순간 굳었다. 그러고는 고개를 돌려 사무실 대기 의자에 앉아 있는 나머지 아이들을 의심의 눈길로 바라보았다.

"약 어디서 구했어? 여자애들한테 타 먹인 약 말이야. 이번 한 번이 아니지? 애들 상태로 약을 판 찰리가…… 너야?"

"아, 진짜 이 아줌마…… 모른다고요!"

그 순간 갑자기 고함을 지르는 나이 든 남자의 목소리가 겹쳤다.

"지금 누구 아들을 성폭행범으로 몰아!"

사람들의 시선이 소리가 들리는 입구 쪽을 향했다. 중년 남성과 여성들이 통제하는 순경들을 밀치며 사무실 안을 향해 소리를 지르고 있었다. 피의자들의 보호자가 틀림없었다. 갑작스러운 상황에 경찰들이 더 붙어 말려보았지만, 피의자 학부모들은 더욱 삿대질을 하며 성질을 냈다.

"세금 받는 경찰이 이래도 되는 거야?"

“여기서 이러시면 안 됩니다! 보호자 분들 밖으로 나가세요!”

박 팀장이 나서서 중재에 나섰다.

“이제 막 수능 본 애들이야! 대학 못 가면 당신들이 책임져?”

연우는 화를 참지 못하고 소리쳤다.

“아주머니! 나가라는 말 안 들려요?”

그러자 가장 앞에서 목소리를 높이던 학부형 중 한 명이 연우의 머리채를 잡고 늘어졌다. 난장판이 된 사무실 한쪽에서 전화벨 소리가 끊임없이 울렸다. 박 팀장은 연우와 학부형의 싸움을 말리다 급하게 뛰어가 전화를 받았다.

“서울종로경찰서…… 네! 서장님. 네! 지금 피의자 학생 불러 조사 중인데 조금 문제가 생겼습니다. ……알겠습니다. 지시 사항대로 하겠습니다.”

박 팀장은 전화를 끊고 난장판이 된 사무실 상황을 지켜보며 고민했다. 피의자 학부모들은 어느새 자기 자식들을 등 뒤로 숨긴 채 감싸고 있었다.

한편, 준배는 희정 엄마와 함께 여성청소년과 사무실로 걸어오고 있었다.

“피의자 학생들 신변 확보됐고 조사 중이에요. 조금 기다리시면 유연우 경위님 만나실 수 있습니다.”

"학생들…… 이었나요?"

희정 엄마는 떨리는 목소리로 물었다.

"동명고등학교 3학년 학생들이었어요."

성폭력 사건의 용의자가 한 명도 아니고, 심지어 비슷한 또래의 학생들이라는 게 더욱 참담했다.

"그래도 희정 학생의 의식이 회복되었다니 다행입니다. 오셨다고 말씀드릴게요. 여기서 잠시만 기다려 주시겠어요?"

준배는 복도에 놓인 대기 의자를 가리키고 먼저 사무실 안으로 들어갔다. 희정 엄마는 의자 끝에 힘없이 앉았다. 잠시 후, 그 옆 옆자리에 꼿꼿한 자세로 앉아 있던 중년 여성이 말을 걸어왔다.

"염희정 학생 어머니, 되시나요?"

"네. 제가 희정이 엄마인데…… 희정이를 아시나요?"

한눈에 봐도 부유하고 세련된 차림을 한 여성이었다. 하지만 기억에 없는 사람이 분명했다. 여자는 도도하게 말을 이었다.

"얼마 전에 학교 옥상에서 뛰어내렸다죠? 그 아이가? 헤픈 계집애가 지 죽겠다고 떨어진 걸 누굴 탓해요? 딸 교육을 좀 더 신경 쓰셨어야죠. 안 그래요?"

"이, 이보세요!"

여자는 더욱 싸늘하게 말했다.

"감히 누구 앞길을 망치려고."

희정 엄마는 숨이 턱 막힐 정도로 어이가 없어 말을 잇지 못했다. 그 순간, 여성청소년과 문이 열렸다. 피의자 학부모는 자신들의 아이들을 챙겨 나가기에 바빴다. 어떻게 된 상황인지 모르는 준배가 박 팀장에게 이게 무슨 일이냐며 항의했지만, 박 팀장은 묵묵히 피의자 학부모에게 인사하며 내보냈다.

마지막으로 최이강이 주머니에 손을 찌른 채 걸어 나오며 연우를 힐긋 쳐다보았다. 그러자 의자에 앉아 있던 중년 여성이 일어나 최이강의 등을 쓸어내렸다.

"아들, 가자! 아버지가 기다리셔."

그제야 여자의 정체를 알게 된 희정 엄마가 토해내듯 소리쳤다.

"같이 자식 키우는 사람이 어떻게 그래요!"

"나도, 내 자식이 제일 중요해요."

최이강과 그 엄마가 서둘러 나갔다. 충격받은 희정 엄마는 자리에서 일어서지도 못하고 가슴을 치며 오열했다.

박 팀장은 왜 갑자기 수사가 중지되었는지에 대해 연우와 준배가 납득할 만한 대답을 해주지 않았다.

"좋게 합의하는 것도 나쁘지 않은 방향이야."

"왜 말을 바꾸세요! 금수저 자식들이라 손수 친절히 나가는 문까지 열어주셨어요? 누구 생각이에요, 그건?"

연우가 거세게 항의했다.

"피해자 의식 회복했다지만 대화 될 수 있는 수준도 아니잖아? 성폭력 사건에서 제일 중요한 게 뭐야? 너 대답해봐!"

박 팀장이 준배를 가리키며 묻자, 준배가 머뭇거리다 답했다.

"피해자의 일관된 진술입니다."

"피해자 염희정이가 진술할 상황이 돼? 오늘 병원 갔더니 뭐라든?"

"고소를 취하한다고……."

그날 이후 다시 조서를 작성했지만, 피의자 학생들은 입을 맞춘 듯 일관되게 그날 있었던 일을 진술했다. 인근 학교에 다니는 아이들끼리 모여 술을 마시고 놀긴 했지만 불미스러운 일은 없었으며 염희정이 너무 취해 택시 정류장까지 데려다준 것뿐이라는 것이었다. 변호인단 역시 경찰이 정황만 가지고 사건을 몰아간다며 압박을 넣고 있었다.

"수사 과정 길어질수록 피해자는 힘들어해요. 피의자 진술받으면 돼요! 사산된 태아 DNA 검사도 있고!"

"태아 DNA? 이 새끼 너, 그거 내 허락받고 하는 거야? 피해자 보호자 허락은 받았어?"

박 팀장이 연우에게 고함을 질렀다. 태아 DNA 검사는 희정 엄마의 허락, 박 팀장 허가 없이 연우가 독단으로 결정하여 진행한 일이었다.

"어느 부모가 그런 꼴까지 보냔 말이야. 잘 좀 하자. 원 아웃이야, 너. 쓰리 아웃이면 체인지, 알아?"

"그럼 눈앞에 범인을 두고 이렇게 놔줘요?"

"이게 다 누구 생각이냐고? 높으신 분! 높으신 분이 적당히 하라잖아!"

박 팀장이 자리를 박차고 나간 후, 연우는 입술을 깨물고 눈을 감았다. 준배는 이러지도 저러지도 못한 채 눈치를 볼 뿐이었다.

* * *

그날 오후, 연우는 병원으로 염희정을 만나기 위해 찾아갔다. 투신 당시의 찰과상과 얼굴의 상처는 많이 회복되었지만, 마음은 그렇지 못했다. 희정 엄마 역시 마찬가지였다.

"합의 같은 건 처음부터 없다고 생각했지만, 희정이가 그만하고 싶어 해요. 사실 저도 악몽을 꾼 것처럼 잊고 싶어요. 형사님은 이해하기 힘드시겠죠?"

염희정은 연우와의 만남을 거부했다. 다음 날, 그다음 날에도 마찬가지였다. 일주일 후, 연우는 염희정이 자퇴 후 상담 치료를 받고 엄마와 외국으로 떠나기로 했다는 소식을 들었다.

희정 엄마는 염희정의 자퇴 신청을 하기 위해 동명여자고등학교에 들렀다. 희정 엄마가 교무실 탁자에서 자퇴 신청서를 쓰는 사이, 심부름을 온 한소영과 마주쳤다. 두 사람은 주차장까지 함께 걸었다.

"소영아, 희정이 한 번 보러 오지. 학교생활 바쁘지? 곧 기말고사겠네."

"네. ……희정이는 자퇴하는 건가요?"

한소영이 어렵게 물었다.

"응. 희정이랑 같이 외국에 나가서 치료도 받고 공부도 하려고. 우리 희정이랑 소영이, 중학교 때처럼 고등학교도 같이 졸업하면 참 좋았을 텐데……."

"……경찰은 뭐래요? 여자 형사님이 학교에도 여러 번 오셨었어요."

"여러 번 설득하더라. 범인 잡아야 하지 않겠냐고. 그래도 희정이 생각해서 치료에만 집중하기로 했어. 학교생활 잘하고."

희정 엄마가 애틋하게 한소영의 손을 잡고 말했다. 희정 엄마는 차 문을 열고 운전석에 탔다. 한소영은 희정 엄마가 탄 검은 세단이 교문 밖으로 사라질 때까지 아쉽게 지켜보다 뒤돌아섰다.

이내 한소영의 얼굴에 미소가 번졌다. 입꼬리가 올라가며 어깨를 들썩일 정도로 웃음이 커졌다. 한소영은 웃음소리가 새어

나갈까 봐 손으로 입을 가리면서도 활짝 웃었다. 모든 게 원하는 대로 이루어진 셈이었다.

그날 밤, 준배는 사무실에 혼자 남아 염희정 증거품으로 가져왔던 가방, 소지품 등을 택배 상자에 담아 정리하고 있었다. 염희정의 휴대 전화를 상자 안에 담다 보건실에서 보았던 한소영을 떠올렸다. 한소영은 왜 어두운 보건실에서 염희정의 휴대 전화를 찾고 있었을까. 왜 휴대 전화를 찾아야 했을까.

준배는 한소영의 SNS를 찾아 뒤졌다. 딱 하나 검색되는 인스타그램은 비공개였다. 염희정의 휴대 전화 전원을 다시 켜고 인터넷 즐겨찾기를 열었다. 염희정의 인스타그램 팔로우 목록에는 한소영이 있어 비공개 글도 볼 수 있었다.

사진 목록을 한참 넘기다 보니 남자와 다정하게 얼굴을 맞대고 찍은 한소영의 사진이 있었다. 어디선가 본 듯한 남자였지만, 남자의 얼굴이 입술 위로는 가려져 있어서 누군지 제대로 알 수가 없었다. 준배는 웃는 입술, 얼굴을 반 즈음 가린 손, 그리고 손목에 낀 팔찌를 유심히 살펴보았다.

한소영은 늦은 밤 지하철 입구로 들어가며 전화 통화를 하였다.

"아줌마 와서 오늘 걔 자퇴서 냈어."

전화기 너머로 남자 목소리가 들렸다.

- 축하해. 아닌가, 처음 원했던 것보다 너무 약한가?

"아니. 난 걔만 학교에 없으면 돼. 공주님 비위 맞추는 시녀도 아니고, 걔 들러리 노릇은 이제 지긋지긋하니까."

한소영은 그날 밤의 일을 떠올렸다. 한소영과 염희정은 찰리가 보내 준 약도를 보고 리원 갤러리 입구까지 왔다. 입구 계단에 올라서는데 뒤돌아보니 염희정이 머뭇거리고 있었다. 망설이는 염희정에게 버블티만 받고 나오자고 했던 게 한소영이었다.

"그 여자 형사 말이야. 멍청하지 않아? 나랑 염희정이 들어가는 갤러리 CCTV 장면은 신경도 안 썼나 봐? 그런데도 계속 수사해야 한다고 끈질기게 설득했나 보더라고. 네가 시키는 대로 해서 다 잘 풀렸다고 생각했는데 괜찮을까?"

- 나는 내가 가진 패를 다 보여도 자신 있어.

남자는 침착하지만 자신감 넘치는 한 문장을 남기고 전화를 끊었다.

* * *

그날 밤, 연우는 심야 병원을 찾았다. 하지만 2층 건물도 불이 꺼져 있고 입구 앞에 있던 라디오 아저씨도 없었다. 연우는 단속에 걸린 건가 의아해하며 쉽게 자리를 뜨지 못했다.

"단속 걸린 건 아닐 거예요."

연우가 뒤돌아봤다. 어두운 골목에서 후드를 뒤집어쓴 정민호가 걸어 나왔다.

3부

덫

늦은 밤, 얼굴을 두 손으로 감싼 소년이 비틀거리며 혼자 밤거리를 걸었다. 소년은 행인들을 향해 손을 뻗었지만, 사람들은 취객을 피하듯 지나갔다. 손에 들고 있던 휴대 전화마저 떨어뜨리자 소년은 더욱 초조해졌다. 희미한 시선 너머 경찰 초소가 보이자 반짝이는 불빛만을 의지해 횡단보도를 뛰어갔다. 건널목 신호등이 빨간 신호로 바뀌자 비명 같은 클랙슨 소리와 함께 환한 불빛이 소년의 얼굴 가득 비쳤다.

1.

"단속 걸린 건 아닐 거예요."

마치 알고 지낸 사람에게 지나가는 말로 건네는 인사말 같았다. 하지만 연우는 처음 보는 사람이었다. 뒤집어쓴 검은 후드 안으로 앳된 얼굴이 보였다. 연우는 말없이 곁을 지나쳐 가려는데, 정민호가 손에 들고 있던 휴대 전화를 들어 지도 앱을 눌렀다.

"다른 병원 알려줘요? 강남역 사거리에서 영화관 뒤쪽으로 가면 새벽 4시까지 영업하는 데가 있는데 여기 을지로 닥터 소개로 왔다고 하고 백 아저씨 찾으면……."

"나 알아요?"

연우가 날카롭게 말을 잘랐다. 일정한 거리를 두고 두 사람의 눈이 마주쳤다. 하지만 이내 정민호는 슬며시 웃으며 말했다.

"아니요."

연우와 정민호의 뒤로 헤드라이트 불빛이 비쳤다. 방범을 돌던 경찰차였다. 연우는 황급히 고개를 돌려 불빛을 피하고, 정민호는 그런 연우에게 시선을 떼지 않았다. 경찰이 창밖으로 고개를 내밀고 외쳤다.

"여기서 뭐 합니까?"

"아저씨, 여기 지하철역이 어디예요?"

정민호는 을지로에 처음 왔다 길을 잃은 행인처럼 태연하게 물었다. 하지만 경찰은 여전히 의심스러운 시선을 보냈다.

"여기 맥주 골목 있다고 해서 찾아왔는데 못 찾아 가지고요. 여기 아니에요?"

"거기는 여기서 건너 건너 골목인데? 지하철역은 요기 사잇길로 가면 나와요."

정민호는 경찰차를 향해 꾸벅 인사하고 길을 비켜 주었다. 경찰차가 낮은 속도로 연우와 정민호 사이를 지나갔다.

"저쪽이래요, 지하철역은. 아, 차 타고 가는구나?"

정민호는 연우의 손에 들린 자동차 키 홀더를 보고 말했다. 연우는 대꾸하지 않고 대로변 방면으로 걸었다. 뒤에서 '또 봐요.' 라고 말하는 목소리가 들렸다.

연우는 운전을 하면서도 심야 병원 앞에서 마주쳤던 정민호의 정체에 대해 생각했다. 낯선 자신을 여유롭게 대하고 순찰하는 경찰까지 따돌렸다. 심야 병원 닥터 밑에서 일하는 사람은 아니었다. 단순한 손님 역시 아니다. 을지로 심야 병원 이외에도 강남에서 불법 약을 처방하는 곳을 알고 있었다. 여러 심야 병원을 돌아다니며 약을 공급받는 중간책일까.

어쩌면…… 5년 전 사라진 약물 판매 중간책이었던 찰리일까. 그렇다기에는 어리고 앳된 얼굴이었다. 하지만 확인해 볼 필요는 있었다. 정민호가 말한 강남역 사거리 인근에서 새벽 네 시까지 영업한다는 백 아저씨.

'백 아저씨…….'

연우는 고민하다 핸들을 돌려 청담대교로 향했다.

* * *

새벽 세 시가 넘은 강남역 대로변에는 취객들을 기다리는 택시들이 줄지어 서 있었다. 빌딩 사잇길로 들어서면 네온사인이 사방에서 번쩍거리고, 바닥에는 각종 광고지가 깔려 있었다. 연우는 비틀거리는 취객들과 삐끼들 사이를 가로지르며 주변을 샅샅이 살폈다.

언덕길까지 올라갔을 때 건물 뒤편에 덩치 큰 사내의 그림자가 보였다. 그는 시끄럽게 돌아가는 환풍구 옆 의자에 앉아 담배를 태우고 있었다. 그리고 그 옆에 철제 뒷문이 보였다. 연우는 사내에게 다가갔다. 팬 소리는 더욱 시끄러웠고 환풍구에서 나온 뜨거운 바람이 몸을 에워쌌다.

“소개로 왔어요. 을지로가 문을 닫아서…… 여기 가면 백 아저씨를 만날 수 있다고…….”

사내는 연우에게 눈길조차 주지 않고 가래침을 거칠게 뱉었다. 연우는 주머니에서 보라색 알약 두 개를 꺼내어 보여줬다. 사내는 그제야 약을 힐끗 보더니 얼굴을 확인했다. 그리고 자리에서 일어나 철제 뒷문을 열었다.

“복도 끝까지 걸어가.”

연우는 불안한 기색을 감추고 건물 안으로 들어섰다. 사내는 익숙하게 문을 잠그고 다시 의자에 앉았다.

건물 안은 유흥업소의 복도를 걷는 듯했다. 복도에는 채도 낮은 붉은 조명이 비추었고 쿵쾅거리는 음악 소리가 시끄럽게 울렸다. 닫힌 문 하나가 열리고 블랙 미니드레스를 입은 여자가 연우를 안으로 잡아끌었다. 탁자와 벽에 놓인 행거에 옷들이 가득했다. 술집 여자들이 이용하는 옷 방 같았다.

“저는 백 아저씨를 만나러 왔는데요.”

“아니지. 이걸 만나러 온 거지.”

술에 취한 건지 약에 취한 건지 모르겠는 여자가 웃음을 흘리며 메이크업 박스를 탁자 위에 펼쳤다. 그 안엔 칸칸이 낱개 포장된 환각제들이 빼곡히 들어 있었다.

* * *

준배는 출근하는 아침 내내 한소영의 SNS에서 보았던 사진을 생각했다. 검은 끈으로 두른 팔찌. 분명 어디선가 보았다는 기분이 들었지만 사실 어디서나 볼 수 있는 단순한 디자인이기도 했다. 어디서 보았을까. 고민에 빠진 준배 뒤로 교통과에서 함께 일했던 동갑내기 순경이 따라붙어 속삭였다.

"대박 사건! 대박 사건!"

"뭔데?"

준배가 별 관심 없이 답했다.

"나 오늘 새벽에 교통사고 났다고 해서 출동 나갔는데."

"뭐? 한 12중 추돌사고라도 되냐?"

교통과 순경은 준배의 어깨를 툭 치며 말했다.

"그게 대박이겠냐? 그게 대박이야? 들어 봐. 어떤 남고생 하나가 신호 무시하고 그대로 트럭에 뛰어들었단 말이야."

"죽고 싶어 환장했나 보네."

"그 남고생이 누군지 알아? 지난번에 너희 과에서 성폭력 사건 피의자로 왔던 애, 최이강!"

준배는 단숨에 사무실로 달려가 박 팀장과 연우에게 교통과 순경에게 들은 이야기를 보고했다. 연우는 뜻밖이라는 표정으로 되물었다.

"최이강?"

박 팀장의 반응도 바르지 않았다.

"최이강이면 그 아부지는 시의원이고, 엄마는 예술가라는 그 집 아들 아니야? 왜 그랬대? 도로로 뛰어든 거면…… 일말의 죄책감? 양심? 그런 건가?"

"죄책감, 양심…… 그런 거 다 타고나는 거예요."

박 팀장은 준배의 눈치를 보며 연우에게 그만하라는 신호를 보내며 말했다.

"그래서 갠 지금 어디 있는데? 영안실?"

"아뇨. 다행히 구급대가 일찍 도착해서 지금 중환자실에 있다나 봐요."

그날 오후, 연우와 준배가 성폭력 예방 캠페인을 마치고 경찰서로 돌아왔다. 사무실 입구에서 40대 중년 여성이 초조한 듯 머뭇거리며 서성이고 있었다. 아는 얼굴이었다. 이강의 엄마였다.

이강 엄마는 사무실로 들어가는 연우를 불러 세우고 서울종로경찰서까지 찾아온 이유에 대해 말했다. 최이강의 교통사고에 대해 조사해 달라는 부탁이었다. 연우는 어이없는 마음에 한숨을 길게 쉬고 말했다.

"그건 교통과에서 이미 접수한 사건이라 저희가 따로 수사를 할 이유가 없습니다."

여자는 연우를 원망하면서도 목소리가 떨려왔다.

"왜 안 돼요? 지난번 일만 없었으면 우리 애가 왜 이런 사고를 겪어요?"

모든 사고는 예상치 못하게 일어난다. 마음의 준비를 할 겨를도 없이. 그래서 사람들은 책임을 묻고 잘못을 탓할 대상을 찾는다.

"어머님, 여성청소년과에서 하는 일은 가정 폭력, 학교 폭력, 성폭력, 가출이나 실종 등이에요. 최이강 군 교통사고 건은 교통과에서 수사 마무리되는 대로 연락이 갈 거고요. 저희를 찾아오실 일이 아닙니다."

이강 엄마는 인사하고 뒤돌아서는 연우의 옷자락을 잡고 간절히 말했다.

"그냥 교통사고라는데 아니에요. 찰리를 만나러 나간다고 했는데."

연우는 '찰리'라는 말에 멈춰 돌아봤다.

"어젯밤 자정 즈음에 이강 아빠가 퇴근했어요. 현관에서 맞이하는데 이강이는 뭐하냐고 묻더라고요. 늦은 시간이었고 방에서 자고 있다고 말했어요. 사실 그때까지 이강이가 집에 안 들어왔었죠. 애 아빠 화장실 들어가는 거 보고 이강이한테 조용히 전화를 걸었어요. 그런데 신호음만 이어지고 받지를 않았어요. 밤을 꼬박 새웠는데 새벽에 병원에서 연락이 온 거예요."

"찰리에 대해서 최이강 군이 이전에도 이야기한 적 있나요?"

"아니요. 처음 듣는 이름이었어요. 저녁 시간인데 외투를 챙겨서 나오길래 어딜 가냐고 물었죠. 만날 사람이 있다고 했어요. 누굴 만나느냐고 했더니 '찰리'라고 하면서 '이 새끼 가만 안 둬!'라고 버럭 화를 내고 나갔어요. 그때는 당연히 친구일 거라고 생각했는데 찰리를 만난다고 나간 애가 내내 연락이 안 되고 교통사고까지 당했는데 어떻게 의심을 안 해요?"

연우는 이강 엄마에게 들은 이야기를 '찰리'에 대한 내용만 빼고 박 팀장에게 전했다. 옆에서 듣던 준배가 황당해했다.

"선배님, 어이없지 않아요? 희정이 학생 어머니한테는 그 난리를 치고 어떻게 여길 찾아와서 부탁을 해요? 교통과 선배님들 말로는 그냥 걔 혼자 도로로 뛰어든 거래요. 교통과 과장님도 우리 수사팀에서 그걸 왜 궁금해하냐고 그러던데요?"

"하등 관계없지."

연우가 교통과에서 작성한 현장 보고서를 넘겨보며 건성으로 답했다. 곰곰이 생각하던 박 팀장이 드디어 입을 열었다.

“난 조금 찝찝한 게 곧 있을 보궐선거에 최이강네 아부지가 출마한단 말이야. 경찰 강압 수사로 스트레스받아 그랬다, 이런 식으로 언론 플레이 할까 무섭다?”

“그런 게 피해자 코스프레죠.”

연우는 교통사고 보고서 마지막 페이지를 덮고서야 박 팀장을 보며 말했다.

“팀장님 말씀 이해했어요. 일단 시늉이라도 하라는 거죠?”

“그래. 그냥 크로스한다 생각하고 시늉만 해.”

연우는 가방 안에 자료를 챙겨 일어났다.

경찰서 복도까지 준배가 연우의 뒤를 따라 나왔다.

“선배님, 직접 사고 현장 가셔서 조사하실 거예요?”

“왜? 안 돼?”

“아니, 안 되는 건 아닌데. 염희정 성폭력 사건 피의자였던 애들, 그중에서도 최이강이 제일 쓰레기라고 하셨잖아요. 금수저 배경 이용해서 교묘하게 수사 빠져나가고 합의 끌어냈다고요.”

“그렇게 이야기했지. 지금도 그렇게 생각해.”

“그런데 왜 최이강 부모님 부탁을 들어주세요?”

“궁금한 게 있어서 그래. 찾아야 할 사람도 있고…… 찾으면 너한테는 꼭 말해줄게.”

연우는 준배가 이해할 수 없는 말을 남기고 출구로 나갔다.

* * *

연우가 가장 먼저 찾아간 곳은 최이강 교통사고 가해자 입장에 선 트럭 운전기사의 자택이었다. 오전에 교통과에서 조서를 작성했다고 했다. 그는 연이어 담배를 피우며 한숨을 쉬다 거실 바닥에 놓인 재떨이에 꽁초를 거칠게 끄며 말했다.

"억울한 건 나예요! 나는 오늘 하루 일을 완전히 공을 쳤어요. 내가 무사고 이십 년인 사람입니다. 하아…… 경찰서 조서 쓰면서도 말했지만, 그 학생이 빨간 불인데도 갑자기 뛰어들었다니까요!"

운전기사는 오늘 새벽에 있었던 사고 상황에 대해 설명했다.

"인천에 있는 공사장에 자재를 가져다줘야 해서 바빴어요. 그래서 전날 초저녁에 자고 두 시에 일어나서 바로 출발했죠. 졸릴까 봐 라디오도 틀어놓고 노래 흥얼흥얼 따라 부르면서 운전했단 말입니다. 그런데 혜화 교차로 지나갈 때였어요. 새벽이라 사람이나 차가 별로 없어도 도심으로 들어갈 때는 속도를 의식적으로 낮춘단 말입니다. 나는 속도도 준수했어요! 근데 빨간 불인데 그 새끼가 눈을 가리고 뛰어드는 거예요!"

"눈을 가리고 있었다고요?"

연우가 되묻자 운전기사는 두 손바닥으로 눈을 가리는 흉내를 내며 말했다.

"그렇다니까! 손을 이렇게, 이렇게요!"

중환자실에 수술복 차림으로 누워 있는 최이강은 머리에 피가 뭉쳐 있고, 손에도 핏자국이 남아 있었다. 연우는 최이강을 치료한 응급실 의사를 만나 새벽 응급실에서 있었던 일에 대해 물었다.

"최이강 환자요? 응급실에 도착했을 때부터 이미 의식이 없었어요. 비장이 파열된 중증외상환자라 응급 수술하고 수술방에서 나온 지도 얼마 안 됐어요."

"이건 뭔가요?"

연우가 침대 아래 검정 비닐봉지를 가리켰다. 의사가 힐긋 보더니 말했다.

"환자분 옷인 거 같은데요. 아직 보호자 분이 가지고 가지 않으셨나 보네요."

"선생님, 혹시 혈액 채취해서 약물 반응 가능할까요?"

연우의 말에 의사가 고개를 갸웃거렸다.

"가능하죠. 하지만 보통 교통사고 피해자 약물 검사는 안 하는데요."

"알고 있습니다. 의심 가는 부분이 있어서요."

"네. 혈액 샘플 챙겨서 보내겠습니다."

연우는 연락처를 남기고 최이강의 옷을 챙겨서 다시 경찰서로 돌아갔다.

2.

박 팀장은 책상에 코를 박고 승진 시험 관련 서적을 뒤적거리다 신경질을 내며 책을 덮었다.

"승진 시험 코앞인데 뭘 할 수가 없어. 왜 이렇게 사건 사고가 많아, 이 동네는……. 뭐하냐?"

박 팀장은 다 쓴 종이컵을 구겨 준배를 향해 던졌다. 준배는 교통과에서 받아온 최이강의 휴대 전화를 오전 내내 붙잡고 있었다.

"벽돌 된 휴대 전화를 붙잡고 있다고 살아나냐? A/S 센터를 가면 되잖아? 공고 출신이야, 뭐야?"

"거의 다 됐어요. 살릴 수 있어요."

박 팀장은 준배의 컴퓨터 모니터를 힐긋 쳐다보다 옆에 놓인 탁상용 달력이 눈에 들어왔다. 12월 10일에 못생긴 글씨로 '아버지 기일'이라고 쓰여 있었다.

"다음 주가 아버지 기일이야?"

박 팀장의 질문에 준배가 머쓱해하며 '네.'라고 짧게 답했다.

"전 형사님 좋은 분이셨지."

"팀장님, 저희 아버지 아셨습니까?"

"알지. 같이 근무한 적은 없지만 같은 사건에 엮여서…… 모르겠다. 전 형사님은 아들이 같은 길 가는 걸 좋아하실는지."

준배는 잠깐 생각에 잠긴 듯하다가 우울한 분위기를 바꾸려는 듯 웃으며 말했다.

"아부지는 모르겠고, 어머니는 별로 안 좋아하세요."

"당연하지. 부모 마음이 그런 거야."

박 팀장은 무언가 말하려다가 말을 아꼈다. 그때, 연우가 사무실로 바삐 들어왔다.

"유연우, 너무 열심히 한다? 내가 이야기한 건 대충 시늉하라는 거였는데?"

"보고 드릴 게 있어요."

"말해."

"여기서 말고요."

박 팀장은 사무실을 휘익 둘러보다 작은 회의실을 가리키며 자리에서 일어섰다.

회의실 안, 연우의 보고를 들은 박 팀장이 미심쩍다는 듯 되물었다.

"찰리?"

"최이강 엄마가 그랬어요. 어제 최이강이 찰리를 만나러 나갔다고요."

"그러니까 애들한테 약을 파는 약쟁이가 있고, 최이강도 같은 수법으로 당했을 것이다?"

"네."

"단순히 같은 재단에 다니는 학생들에게 우연히 사건이 터진 게 아니다?"

"이지원에게 사건의 진행 상황을 물었고, 염희정에게 약을 팔았고, 최이강은 만나러 갔어요. 동일 인물이라면 우연이 아니죠."

박 팀장은 그제야 미간을 구기며 고민에 빠졌다. 연우는 다시 물었다.

"5년 전 강남 연쇄 자살 사건 때 우리 팀이 쫓았던 유통 중간책도 찰리라고 불렀어요. 기억하시죠?"

"그 사건까지 엮겠다는 거야?"

"엮는 게 아니라 드러난 정황이 한 방향이잖아요."

"방향은 무슨 방향이야. 어디를 가고 있는데? 너는 그 앞서 짐작하고 한발 앞서가는 버릇 좀 고치라니까? 5년 전 이야기가 나와서 그런데 나는 아직도 너를 보면 불안해."

순간 회의실 노크 소리가 들리고 준배가 상기된 표정으로 들어왔다.

“뭐야?”

“최이강 휴대 전화 복구했어요.”

연우는 준배가 손에 들고 있는 휴대 전화를 받아 통화와 메시지 수신함을 살피고 어제 하루 동안 최이강이 연락했던 목록을 정리했다. 박 팀장은 통화 목록을 보고 황당해했다.

“학생이야? 영업맨이야? 뭔 통화를 이렇게 많이 해?”

“재미있는 게 많아요. 익명으로 협박 문자도 받았어요.”

연우는 협박 메시지 화면을 박 팀장에게 내밀었다.

[쓰레기 같은 새끼 반드시 죽일 거야.]

박 팀장은 조금 전에 들은 보고를 떠올리며 의미심장하게 연우를 쳐다보며 말했다.

“쓰레기 같아도 죽이면 안 되지. 생각한 대로 진행해 봐. 대신 반걸음만 천천히.”

“감사합니다.”

“대신 전준배 챙겨서 같이 다녀.”

연우는 내키지 않았지만 최이강의 휴대 전화를 들고 준배에게 따라오라는 손짓을 했다.

* * *

동명고까지 가는 길, 연우가 운전을 하고 준배가 조수석에서 관련 보고서를 다시 읽었다. 교통사고 현장에서 촬영된 최이강의 모습은 처참했다. 머리를 바닥에 부딪혀 얼굴 절반이 피범벅이었고, 팔 한쪽은 골절을 당해서인지 비틀려 있었다.

끔찍한 모습을 보기 힘들어 다음 장으로 넘기려는데, 순간 사진 속 최이강의 손목에 있는 팔찌가 보였다. 검은색 가죽 줄로 두 번 둘린 팔찌. 한소영의 SNS에서 보았던 팔찌와 같았다.

준배는 한소영과 얼굴을 맞대고 찍은 남자를 떠올리며 현장 사진 속 최이강의 얼굴을 손으로 반 즈음 가려보았다. 하지만 사진 속 남자와 최이강이 동일 인물인지는 확신이 들지 않았다.

"그 정도 사진도 제대로 못 보고 가려?"

연우는 사진을 손으로 반 즈음 가리면서 보는 준배를 어이없어했다.

"선배님, 지난번 염희정 학생 성폭력 사건 때 희정 학생 친구요."

"누구? 한소영?"

"네. 한소영이 최이강을 그때 갤러리에서 처음 봤다고 했죠?"

"응. 처음 보는 데도 친근하게 대했다고 했지."

준배는 확신이 없었다. 어쩌면 팔찌는 요즘 어린애들 사이에서 유행하는 아이템일지도 모른다. 혼잣말하는 준배에게 연우가 물었다.

"뭘 그렇게 중얼거려?"

"아니에요. 선배님. 조금 더 알아보고 말씀드릴게요."

연우는 대수롭지 않게 생각하며 계속 운전에 집중했다.

동명고등학교에 도착하니 교감이 연우와 준배를 맞았다.

"최이강 학생 사고 소식에 저희도 너무 당혹스럽습니다. 전날에도 소란을 일으켜서 혼내긴 했지만……."

"어제도 소란이 있었나요?"

"아닙니다. 큰일은 아니었습니다. 일전에 불미스러운 사건에 연루된 학생들은 지금 방송실에 있습니다. 형사처벌은 피했다고 하지만 인성 함양을 위해 교내 봉사활동 처분을 강력히 내렸거든요. 이미 숙지하고 계시겠지만 불필요한 억측은 없도록 조용히 조사 부탁드립니다."

교감은 순전히 마지막 문장을 말하기 위해 온 셈이었다. 방송실은 1층 교무실 바로 옆에 있었다. 삼인방 모두 최이강의 사고를 알고 있었다. 연우는 어제 최이강에게 무슨 일이 있었는지 물었다.

"어제요? 별거 없었는데……."

"그냥 저희랑 벌점 20점 이상인 애들 모여서 오후 내내 중앙 계단 청소했어요."

아이들은 연우와 준배가 자신들의 조사를 맡았던 경찰이었던 걸 알고 주눅이 들어 있었다. 연우는 조금 전 교감이 지나가면서 했던 말이 생각났다.

"어제 있었던 소란에 대해서 말해야지?"

"그게…… 평소처럼 중앙 계단 청소를 하고 있었거든요."

* * *

12월 1일 오후 2시, 최이강과 삼인방은 중앙 계단에서 다른 애들이 청소하는 동안 계단에 앉아 빈둥거리고 있었다. 최이강은 휴대 전화 메시지를 확인하자마자 인상을 확 구기며 휴대 전화를 맞은편에 앉은 친구에게 집어 던졌다.

"왜? 또 협박 문자야?"

최이강은 이미 약이 오를 대로 올라 있었다.

"쪽팔리게 지 이름은 못 까는 찌질이 새끼가 누굴 겁주겠다고 지랄이야?"

"왜 이렇게 민심을 못 얻었어?"

최이강은 농담에도 웃는 기색 하나 없이 죽일 듯이 노려봤다. 그리고 중앙 로비 조명을 가리키며 말했다.

"이 새끼 잡히면 저기에 다리부터 거꾸로 매달 거야. 개새끼."

그때 염희준이 음료수를 들고 중앙 계단 앞을 지나고 있었다. 염희준을 본 삼인방이 수군거렸다.

"쟤 염희정…… 남동생이잖아. 여기 1학년."

최이강은 바로 염희준을 불러 세웠다.

"야! 너 이리 와 봐."

염희준은 그제야 계단 위에 앉아 있는 최이강과 삼인방을 보고 표정이 굳었다. 음료수를 쥔 손이 부들부들 떨렸다. 염희준은 뒤돌아서 복도를 향해 걸어갔다. 그러자 최이강이 단숨에 계단을 내려와 염희준 앞에 서서 머리를 툭툭 치며 말했다.

"선배가 부르면 재깍재깍 튀어와야지. 내가 여기까지 오게 만들어, 왜? 새끼, 어딜 꼬나봐?"

최이강은 염희준 손에 들린 음료수를 빼앗아 들어 병뚜껑을 열었다. 피식 웃으면서 음료수를 마시며 한 손으로는 염희준의 뺨을 툭툭 치는데 점점 강도가 세졌다.

"이 형이 또 차가운 것만 마시는 걸 어떻게 알고 조공하러 왔을까? 응? 네 누나는 잘 있냐?"

입을 꾹 닫은 채 참고 있던 염희준은 더 이상 참지 못하고 최이강에게 덤벼들었다. 최이강 손에 들린 음료수는 바닥에 엎질러졌고, 그사이 염희준은 최이강의 배 위로 올라타 악을 지르며 얼굴에 주먹을 날렸다.

* * *

어제의 일을 말하던 삼인방은 조금 이상했다고 덧붙였다.

"이강이는 어렸을 때부터 유도, 검도를 배워서 싸움을 잘하거든요. 덩치도 크고요. 근데 어제는 자기 키보다 한 뼘이나 작은 1학년한테 몇 대 맞더니 정신을 못 차리더라니까요? 염희준 걔가 악에 받쳐서 때리긴 했지만, 우리가 뜯어말린 후에도 자리에서 못 일어나고 흐느적거렸어요."

최이강이 정신을 차린 건 보건실에서 두 시간 넘게 휴식을 취한 후였다. 최이강은 중앙 계단 아래에서 염희준을 만난 이후의 상황을 거의 기억하지 못했다고 한다.

연우가 교장과 이야기를 나누는 동안 준배는 염희준을 데리러 별관으로 갔다. 창 너머 자습 중인 교실 뒤쪽에 한쪽 뺨이 크게 부풀어 오른 소년이 보였다. 미리 교장에게 연락을 받은 교사는 창밖에 준배가 와 있는 것을 확인하고 염희준에게 알렸다.

염희준은 자리에서 일어나 조용히 혼자 뒷문으로 나왔다. 그리고 준배를 따라 연우가 기다리는 방송실로 향했다. 연우는 삼인방에게 했던 질문처럼 염희준에게 어제 있었던 일을 물었다.

"참고 지나가려고 했어요. 그런데 그 쓰레기 새끼가 누나 이야기를 꺼내서 참을 수가 없었어요. 그래서 때렸어요. 그게 다예요. 죽이고 싶었지만 그러지 않았어요."

준배는 안타깝게 염희준을 바라보았다. 하지만 연우는 달랐다.

"오늘 새벽 자정에서 두 시 사이에는 어디에 있었지?"

"병원이요. 누나 병실에 있었어요."

염희준은 담담하게 답했다.

"그럼 찰리라는 닉네임을 쓰는 사람을 아니?"

"……아니요. 더 물어보실 거 없으면 가도 되나요?"

염희준은 문을 열고 나가다 뒤돌아보며 말했다.

"그거 알아요? 최이강을 진짜로 죽이고 싶어 했던 사람은 이 학교에 따로 있어요."

교실은 한산했다. 이미 다른 아이들은 청소를 끝내고 하교하고 있었다. 염희준도 책상 위의 교과서를 정리하며 가방을 쌌다. 그러다 서랍 안에 깊숙이 손을 넣어 무언가를 집어 꺼내었다. 빈 약병이었다.

이틀 전, 누군가가 염희준의 사물함에 갈색 병을 넣어 두었다. 병 아래에는 '최이강이 네 누나에게 먹였던 GHB. 너라면 어디에 쓸까. - from. C'라고 적힌 쪽지가 있었다. 염희준은 병을 들어 내던지려다 순간 무언가를 결심한 듯 약병을 바지 주머니에 넣었었다.

3.

연우와 준배는 염희준의 조언대로 미술실을 찾아갔다. '한때는 최이강의 친구였지만 단숨에 전교생에게 왕따가 되어버린 그림쟁이.' 염희준의 말대로 미술실 안에는 조성진 혼자 있었다. 캔버스에 스케치를 하는 손이 심하게 떨리는 게 보였다. 연우는 조용히 이름을 불렀다.

"조성진 군?"

절망하며 자신의 손을 내려다보던 조성진은 자신을 부르는 소리에 급하게 뒤돌아보았다. 조성진과 마주 앉은 연우는 최이강에 대한 이야기를 꺼냈다.

"최이강 사고당한 이야기 들었어?"

"네. 교통사고 당했다고…… 애들이 하는 이야기 들었어요."

"사이가 좋지 않았다고 들었어."

"아니요. 사이가 안 좋은 게 아니라, 그 자식이 절 일방적으로 괴롭힌 거예요."

어제도 그랬다. 보건실에서 휴식하고 교실로 돌아간 최이강은 조성진을 교실 뒤로 끌어냈다.

"내가 기분이 나쁘다잖아! 네가 왜 토를 달아!"

최이강은 조성진을 교실 뒤 구석으로 몰면서 발길질을 했다. 분이 풀리지 않은 최이강은 조성진의 오른손을 비웃음과 함께 천천히 밟았다. 조성진이 아무리 고함을 쳐도 소용이 없었다. 최이강은 중학교 때 가장 친한 친구였지만 지금은 지옥 같은 인간이었다.

남자들 사이의 서열. 최이강이 조성진을 가장 아래로 끌어내렸고 상관없던 아이들도 조성진을 발아래로 보았다. 누구도 도와주지 않았고, 도울 수도 없었다. 조성진에게 손을 내미는 순간, 같이 시궁창을 뒹구는 거니까.

조성진은 최이강 이름이 나올 때마다 화를 억누르는 게 보였다.

"제가 왜요? 이제 곧 졸업이에요. 여기만 떠나면 안 볼 얼굴인데 제가 왜 사고와 관련이 있다고 생각하세요? 제가 트럭을 몰았어요?"

연우는 다시 물어야 했다.

"의심하는 것처럼 느껴졌다면 미안하다. 그래도 물어야 할 게 있어. 오늘 새벽 자정에서 두 시 사이에는 어디에 있었지?"

"미술학원에 있었어요. 실기가 얼마 안 남아서 입시 반 애들 특강 하거든요. 혜화 사거리 예원 미술학원이요. 안 믿기면…… 원장님한테 확인해 보세요. 솔직히 말하면 그 새끼들 다 죽어버렸으면 좋겠어요."

아무 성과 없이 경찰서로 돌아가는 길, 준배가 연우의 눈치를 보며 말했다.

"최이강, 걔가 어른들 보기에는 부잣집 외동아들에 공부도 꽤나 하는 아이지만, 염희정 사건 때도 그렇고 완전 인간 폐기물이네요. 역겹게 일진 놀이야 뭐야……."

"최이강한테 원한 있는 애들은 염희준, 조성진뿐일까?"

"많겠죠. 남자 고등학교는 좀 그렇거든요. 학기 초에 서열이 정해지면 그걸 넘어설 수 없어요. 암묵적인 룰 같은 거죠."

"지난여름에 염희정과 한소영이 만났던 찰리는 최이강이었어. 그런데 어제 최이강은 엄마한테 찰리를 만나러 나간다고 했거든?"

연우는 준배에게 지난 사건에서 발견한 찰리의 흔적에 대해 이야기했다. 이지원에게 쪽지로 말을 걸었고, 염희정과 한소영에게 불법 약물을 팔았던 찰리. 그리고 이지원과 염희정 두 사람 모두 가지고 있었던 보라색 알약 제형의 환각제 '버블티'. 모든 사건의 그늘 어딘가에 찰리가 서 있었다. 얼굴을 가리고 이름을 숨긴 채.

"어제 최이강과 마지막으로 통화한 사람 이름이 뭐였지?"

"정민호요. 최이강과 같은 반인데 오늘 몸이 좋지 않다고 결석했다고 합니다."

"그래?"

연우의 휴대 전화가 울렸다. 국과수 최 박사였다. 연우는 준배와 함께 들을 수 있게 스피커폰 버튼을 눌렀다.

- 최이강 학생 혈액 검사 결과 나왔어. 미량의 GHB과 스코폴라민이 검출됐는데.

"GHB?"

GHB는 흔히 '물뽕'이라고 불리며 강간범들이 술이나 물에 타서 여성의 정신을 잃게 만드는 데 쓰는 환각제였다.

연우는 어제 동명고 중앙 계단에서 있었던 최이강과 염희준의 싸움을 떠올렸다. 염희준이 손에 들고 있었던 음료수를 최이강이 빼앗아 먹었다고 했다. 염희준이 덤벼들자 최이강이 정신을 잃은 듯 쓰러졌고, 두 시간쯤 지나 보건실에서 일어났을 때 최이강은 중간 기억을 하지 못했다.

연우는 염희준이 누나가 겪은 사건 때문에 충분히 저지를 수 있는 일이라고 생각했다. 중요한 것은 누가 염희준에게 GHB를 구해주었는지이다.

"지금 연구실로 갈게. 가서 이야기하자."

연우가 전화를 끊는 동안 준배는 스마트폰으로 '스코폴라민'을 검색했다.

〈무색 결정이며 화학식은 C17H21O4N이다. 부교감신경억제제·진통제·진정제로서, 간질·모르핀중독·알코올중독·천식·멀미 등에 쓰이는 외에, 안과에서는 산동제(散瞳劑)로 쓰인다.〉

연우가 준배를 경찰서 앞에 내려주고 국과수로 향했다.

* * *

연구실 탁자에 놓인 실험용 구조물에는 하얀 생쥐 두 마리가 돌아다녔다. 최 박사는 그중 한 마리를 집어 올려 스코폴라민을 주사기로 주입하였다.

"스코폴라민은 주로 멀미약에 사용하는 원료인데, 잘 봐. 여기 미로 안에 쥐돌이 두 마리가 있어. 스코폴라민을 주입한 쥐, 보이지? 자꾸 쿵쿵 부딪히잖아. 스코폴라민 때문에 일시적인 정신착란 등을 일으켜 방향 감각을 상실한 거야. 스코폴라민을 섭취하면 나타나는 증상들이 동공이 커지고 빛에 민감하면서 시야가 흐려지는 거, 다음으로는 두통, 균형 감각 상실 같은 거지."

"그럼 누군가가 최이강에게 스코폴라민을 먹였다?"

"먹으면 직방이겠지만 손에 스코폴라민을 묻히고 그 손으로 눈을 비볐을 수도 있지. 귀에 붙이는 멀미약 알지? 멀미약 주원료가 스코폴라민이라 약봉지 주의사항에 멀미약을 만지고 눈을 비비지 말라고 쓰여 있어. 일시적으로 동공이 확장돼서 앞이 안 보일 수도 있으니까."

"누군가…… 최이강의 손에 스코폴라민을 묻히고 눈을 비비길 기다렸다? 너무 우연에 기대는 거 아니야?"

"확률이 좀 희박하긴 하지. 하지만 직접 복용을 했다면 도로까지 걸어가기 전에 환각 증세 때문에 여기 이상한 사람 있다고 경찰서로 신고가 들어왔을지도 몰라. 눈을 비비는 것 말고 어떻게 자연스럽게 눈에 스코폴라민을 넣겠어?"

연우는 사건 현장 보고서를 다시 넘겨봤다. 최이강의 피투성이 얼굴. 눈 아랫부분에 작은 비닐 조각 같은 게 보였다. 콘택트렌즈였다. 연우는 최이강의 엄마에게 전화해 최이강이 안경이나 렌즈를 착용하는지 물었다. 최이강은 어릴 때부터 시력이 안 좋았고 콘택트렌즈를 착용하며 안구건조증이 심하다는 답을 받았다.

연우는 최이강의 체크카드나 직불카드 결제 내역을 확인하였다. 마지막 결제 장소는 서울시 성북구 동소문로 36, 세븐일레븐

동소문 2호점이었다. 연우가 편의점 점주에게 사진을 보여줬지만, 점주는 최이강을 기억하지 못했다.

"글쎄요. 여기 옆 건물에 학원이 있어서 학생들은 항상 많이 와서요."

최이강의 결제 내역 시점에 맞추어 CCTV 녹화본을 확인했다. CCTV 앵글은 입구 쪽 카운터와 음료수 코너까지를 비추고 있었다.

0시 17분, 편의점 안으로 들어온 최이강이 음료수 하나를 집어 들고 카운터로 갔다. 계산 후 최이강은 다시 문으로 나가는 게 아니라 화면 오른쪽으로 빠졌다. 그리고 한참 후까지 앵글 안으로 들어오지 않았다.

"혹시 다른 곳 CCTV는 없나요?"

"아! 여기 간이 테이블 방향으로 하나 더 있어요."

점주가 창문 쪽에 길게 붙은 탁자를 가리키며 말했다.

"학생들이 라면이나 도시락을 저기서 많이 먹는데 간혹 뒷손 뻗어서 자기들 주머니에 집어넣을 때가 있거든요."

두 번째 CCTV는 첫 번째 CCTV에서 최이강이 사라진 0시 20분부터 재생하였다. 최이강이 걸어간 곳에는 니트에 면바지를 입은 남학생이 엉거주춤 서 있었다. 얼굴은 화면이 흐려서 자세히 보이지 않았다. 하지만 외투를 걸치지 않은 모습으로 보아 편의점과 가까운 곳에 있다가 온 게 분명했다.

최이강은 남학생과 안면이 있는 듯 자연스럽게 옆에 서서 이야기를 나누고 있었다. 순간 최이강이 남학생의 목 뒤를 잡고 누르며 위압적으로 대하는 모습이 보였다. 남학생은 있는 힘을 다해서 최이강을 뿌리쳤다.

테이블 위에는 남자애가 먹다 말은 컵라면과 탄산음료, 작은 물약 통 같은 게 놓여 있었다. 최이강은 탄산음료를 집어 컵라면에 들이부었다. 그리고 물약 통을 집어 남학생 얼굴에 가져가 놀리듯 좌우로 흔들었다.

최이강의 덩치에 가려 남학생의 표정은 보이지 않았다. 외투 주머니에 두 손을 찔러 넣은 채 출구로 걸어가는 최이강의 얼굴에는 비웃음이 비쳤다. 남학생은 조금의 움직임도 없이 그저 서 있을 뿐이었다.

"CCTV 녹화분을 20분 전으로 돌려주시겠어요?"

점주는 연우의 부탁대로 녹화분을 역으로 재생하였다. 남학생은 컵라면, 음료수를 계산하고 테이블 쪽으로 갔다. 라면을 먹던 중 창밖에 무언가를 발견한 듯 굳은 채 멈춰 섰다. 시선이 입구 쪽을 향했다. 아마도 최이강이 들어오는 모습을 보는 것 같았다.

최이강이 음료수를 고르고 계산하는 사이, 남학생은 바지 주머니에서 무언가를 꺼내어 쳐다보다 다시 조급하게 계산대 쪽을 바라보았다. 그때, CCTV 앵글에 정면으로 얼굴이 잡혔다. 희미했지만 조성진 같았다.

그제야 연우는 조성진이 다닌다는 학원 이름이 떠올랐다. 혜화 사거리 예원 미술학원.

"여기 옆 건물에 있다는 학원 이름이 뭐죠?"

"예원이라고 했던 거 같은데. 미술학원일 거예요."

아직 확실한 증거는 없었다. 하지만 연우의 머릿속에는 여러 장면이 연결되어 떠다녔다. 조성진이 테이블 위에 올려 두었던 물약 통 안에 담긴 액체가 스코폴라민이라면, 그래서 최이강이 인공눈물로 착각해서 눈에 넣었다면, 그랬다면 최이강이 가장 마지막에 만난 사람이거나 최이강의 사고에 직접적인 원인을 제공한 사람이었다.

하지만 조성진이 '찰리'일까? 최이강은 찰리를 만나러 나간다고 했고 마지막 통화를 한 사람은 정민호였다. 연우는 동명고등학교에 전화하여 조성진과 정민호의 연락처를 요청했다. 교감은 곤란해하며 학부모의 동의를 받은 이후에 다시 전화를 주겠다고 했다. 그리고 연우에게 되물었다.

- 최이강 학생이 한 시간 전에 세상을 떠났다는 연락을 받았

습니다. 알고 계시나요?

* * *

조성진은 밤 열 시가 넘어서 미술학원 계단을 터벅터벅 올라왔다. 계단 벽에 기대어 서 있는 연우를 보고 놀란 기색이 역력했다.

"저한테 더 물을 게 있으세요?"

"스코폴라민을 어디서 구했어?"

"몰라요. 잘못 찾아오셨어요."

연우는 자신을 무시하고 계단을 올라가려는 조성진을 잡아 세워 벽으로 밀쳤다. 그 바람에 조성진이 들고 있던 화구 가방이 떨어져 물감과 붓이 바닥에 뒹굴었다.

"뭘 몰라? 네가 어제 최이강 가져가라고 일부러 편의점 테이블 위에 꺼내 둔 물약 통에 든 거 말이야. 최이강이 콘택트렌즈 착용해서 늘 인공눈물 끼고 사는 걸 알아서 한 거잖아."

조성진은 말없이 연우를 밀치고 바닥에 떨어진 물감과 붓을 가방에 담았다.

"찰리가 스코폴라민을 준 거지?"

조성진은 들고 있던 붓을 힘껏 내던지며 소리쳤다.

"잘 아네요? 그럼 그 새끼를 잡아야지, 왜 나한테 와서 이래요? 나는 매일 그 새끼들한테 맞았어요. 죽도록 맞아도 아무도 도와주질 않았다고……. 근데 알량한 새끼 하나 교통사고 당했다고 경찰들은 엄청 열심히 뛰네요? 나는 당장 실기 시험이 코앞인데 그 새끼가 손을 밟아서 붓을 쥐기도 힘들어요. 누가 피해자냐고요."

"최이강이 죽었어."

최이강이 죽었다는 말을 듣자 조성진은 그대로 굳었다.

"……잘됐네요."

힘겹게 뱉은 말과 달리 조성진은 마른 침을 삼키고 깊은숨을 토해냈다.

"너한테 책임을 물으려는 게 아니야. 약속해. 나는 찰리를 찾는 거야."

4.

동명고등학교 정진욱 이사장이 퇴근 준비를 하고 있을 때, 교감이 급하게 들어왔다.

"무슨 일입니까?"

"최이강 학생이 사망했다는 연락이 왔습니다. 그런데 아무래도 경찰 측에서 단순 교통사고로 보는 것 같지 않습니다. 최이강 학생 학부모도 사고 자체에 의혹을 가지고 계시고요."

"우리 학교와 연관 짓지 않게 처리하고 있죠?"

정진욱은 책상 위 서류 파일을 모았다.

"네. 그런데 경찰에서…… 3학년 2반 정민호 학생 연락처를 물어왔습니다."

가방 안에 서류를 넣던 손이 멈추고 침묵이 흘렀다.

"담당 경찰 이름이 뭐죠?"

정진욱의 목소리가 날카로웠다. 교감은 꼼짝 못 하고 눈치를 보며 답했다.

"유연우라는 여자 경찰이었습니다."

이종한 서장 역시 퇴근 전이었다. 그는 컴퓨터 본체에 USB를 꽂았다. 그러자 '2019-12-02'라는 폴더가 화면에 떴다. 첨부파일을 클릭하자 정진욱의 하루 일과가 사진과 함께 정리된 문서로 화면 가득 떴다.

〈2019-12-02 13:00 OOO의원(□□당 3선 의원)과 오찬 - 학교 옆 호텔 건설 허가 로비〉

코끝에 안경을 걸치고 모니터를 심각하게 보고 있을 때 전화벨이 울렸다.

"네. 이사장님. 어쩐 일이십니까?"

이 서장은 전화기 옆 목캔디 하나를 집어 까서 입에 넣었다.

- 늦은 시간에 실례인 줄 알면서도 전화 드렸습니다.

"그럴 수도 있지요. 공사다망하시니까요. 저도 아직 회사입니다."

- 어젯밤에 저희 학교 학생 한 명이 교통사고를 당했습니다. 그런데 무슨 오해가 있어서인지 제 아들도 참고인 조사를 요청받았다고 하네요.

"아, 그렇습니까? 저희 종로서 관할인가요?"

이 서장은 영혼 없이 답하며 문서를 눈으로 정독하였다.

- 아마 같은 반 학우라 통화 몇 번 한 기록 때문에 그런가 봅니다. 애비 되는 입장으로 걱정이 되어 전화 드렸습니다.

이 서장은 '특이사항'이라는 이름의 파일을 클릭했다. 강남역 뒷골목 건물로 들어가는 연우의 사진이었다. 후미진 골목 안으로 들어가는 연우, 연우에게 문을 열어주는 덩치 큰 남자의 모습이 함께 찍혔다.

- 유연우라는 형사가 담당자라고 합니다.

"알지요. 유연우."

이 서장의 얼굴에 묘하게 미소가 번졌다.

* * *

연우가 경찰서 주차장으로 차를 모는데 남자 하나가 경찰서 입구를 바라보고 서서 길을 막고 있었다. 남자의 뒷모습만 보고 클랙슨을 낮게 울렸다. 헤드라이트 때문에 얼굴은 보이지 않았다. 뒤돌아선 남자는 눈이 부신 듯 손으로 얼굴을 가린 후 무심히 경찰서 안으로 걸어 들어갔다.

사무실로 돌아온 연우는 당직 중이던 옆 팀 계장으로부터 준배가 참고인 조사를 하러 조사실로 갔다는 말을 전해 들었다.

"참고인 조사요?"

계장은 고개를 끄덕이며 말했다.

"정민호라고 했던가? 사무실로 직접 찾아와서 전 순경이 놀라더라?"

경찰서 조사실 안, 정민호가 호기심 어린 시선으로 주위를 둘러봤다. 긴장한 것보다는 차분하고 침착한 태도였다. 오히려 긴장한 쪽을 맞은편에 앉은 준배였다.

"편하게 질문에 답하면 됩니다."

"네."

노트북을 켜고 타이핑하기 좋게 자리를 잡은 준배가 정민호에게 첫 번째 질문을 했다.

"최이강 군과는 가까운 사이였나요?"

"……참고인 조사가 처음인가 봐요?"

"아…… 네."

준배는 고등학생에게 얕보인 것 같아 기분이 좋지 않았다.

"최이강은 저와 같은 반이에요. 제가 미국에 있다가 일 년 전에 한국에 들어왔고, 그래서 이강이한테 여러 가지로 도움을 많이 받았어요."

"최이강 군이 사고 났다는 소식은 들었죠?"

"네. 들었어요. 저희 반 단체 채팅방에 누가 올려서 알았어요."

정민호는 최이강의 사고 소식을 단체 채팅방 공지처럼 감정 없이 이야기했다.

"정민호 군은 최이강 군이 마지막으로 통화한 사람입니다. 처음 30초간 통화를 했고 그 후 정민호 군이 세 차례 더 전화했지만 받지를 않았고요. 무슨 이야기를 나눴습니까?"

"이강이는 수시 떨어지고 정시 준비하려니까 짜증 난다고 했어요. 스트레스받는 건 이해하지만 투정을 다 듣기에는 저도 짜증이 났어요."

"오늘 새벽 자정에서 두 시 사이에는 어디에 있었죠?"

준배는 직구를 던졌다. 준배를 지긋이 보던 정민호가 입을 열었다.

"……을지로에 갔었어요."

"을지로?"

"네. 을지로 인쇄 골목 부근이요. 만날 사람이 있었는데 못 만났어요."

"그 말은…… 알리바이를 입증해 줄 사람이 없다는 건데."

정민호는 고개를 돌려 유리창 너머 연우를 의식하며 말했다.

"아뇨. 골목에서 마주친 사람이 있어요."

연우는 창 너머 자신을 응시하며 미소 짓는 정민호를 보며 섬뜩한 기운을 느꼈다. 그제야 생각이 났다. 을지로 심야 병원 앞 골목에서 마주쳤던 남자애. 조금 전 경찰서 건물을 올려다보던 남자. 유리창 너머 정민호는 다시 준배를 보며 말을 이어갔다.

"아, 맞다! 경찰차도 지나갔었어요. 순찰하는 거 같았는데? 그분들도 기억하시겠죠. 저와 그때 그 여자분을."

연우는 감정을 읽기 힘들 만큼 침착한 정민호의 태도와 달리 함정에 빠진 것만 같았다. 최이강과 마지막 통화를 했고, 심야 병원의 존재를 알고 있는 사람. 어쩌면 '찰리'에 가장 가까운 인물일지 모르지만, 정민호의 알리바이 속에 연우가 있었다. 연우의 뒤로 문 열리는 소리가 들리고, 박 팀장이 들어왔다.

"초짜 전준배 잘하고 있냐? 재네 아부지 기사가 데리러 왔어."

"쟤도 있는 집 자제예요?"

"몰랐어? 동명 재단 정진욱 이사장 외아들님이시란다. 정민호."

정민호가 경찰서 밖을 나오자 입구 바로 앞에서 고급 세단이 기다리고 있었다. 계단을 내려가는 정민호의 어깨를 연우가 잡아 세웠다. 신경질적인 표정으로 뒤돌아보던 정민호는 연우의 얼굴을 보고 자신의 예상이 맞았다는 듯 미소 지었다.

"역시! 또 보네요. 여기서 일해요?"

"정민호? 동명고 3학년 2반? 정진욱 이사장의 외아들?"

정민호는 연우의 말투를 흉내 내며 되물었다.

"내 이름 외웠네요? 경찰이에요? 여기서 일해요?"

"경찰이 네 알리바이의 증인이니까 더 이상 의심 살 이유가 없겠네. 좋네."

"그날 밤 내가 알려준 강남역은 갔어요?"

"미성년자가 왜 그런 불법 업소 목록을 꿰고 있어? 너 뭐야?"

"말조심하셔야죠. 여기 그쪽 직장이잖아요. 누가 들으며 어쩌려고 그래요?"

정민호는 연우의 뒤편을 손가락으로 가리켰다. 박 팀장과 준배가 나오는 모습이 보였다. 정민호는 조용히 목소리를 낮추며 덧붙였다.

"난 아버지가 소문난 꼰대라 정신병자 아들로 남을 수 없으니까 가는 거예요. 뭐, 피차 마찬가지 아닌가?"

정민호가 탄 고급 세단이 경찰서 밖으로 빠져나갔다. 어느새 계단 아래로 내려온 박 팀장이 연우의 어깨를 툭툭 쳤다.

"어린 게 벌써 남이 문 열어주는 차 타고 다니고. 저런 애들 순대국밥이나 먹어 봤으려나? 우리 날도 시린데 순대국밥이나 한 그릇 마시러 가자?"

"둘이 갔다 오세요. 전 좀 나갔다 올게요."

"뭘 나갔다가 와? 인마! 우리 밥 먹고 집에 갈 거야!"

연우는 급하게 승용차에 올라타 시동을 걸었다. 그리고 운전하는 내내 조성진이 했던 말을 생각했다.

* * *

"한 달 전 즈음이었어요. 미술학원에 도착해 화구 상자를 여는데 그사이에 모르는 물약 통이 보였어요. 약통을 감싸고 있는 포스트잇을 풀어 펼치자 'scopolamine - from. C.'라고 쓰여 있었고요. 매일매일 제 책상이나 사물함에 놓여 있었어요. 그리고 검색해 봤어요. 그게 뭔지. '모르핀과 함께 사용하면 무통각증 상태인 반 마취 상태가 되므로…… 유독하므로 극소량만 투여해야 한다.'라는 내용이 나오더라고요. 처음에는 최이강과 삼인방 패거리가 저더러 먹고 죽으라고 장난치는 줄 알았는데 아니었어요. 어제 오후에 중앙 계단에서 최이강 패거리가 자기들끼리 노닥거리고 저한테 청소를 시켰는데 그때 봤어요."

"뭘?"

"염희준이 복도 끝에 서서 최이강 패거리를 지켜보고 있었어요. 염희준이 동명여고 성폭력 사건 피해자였던 여학생 동생이잖아요. 최이강 눈에 띄면 괴롭힘을 당할 게 뻔한데 중앙 로비를 향해 천천히 걸어오더라고요. 꼭 자신이 지나가는 모습을 보길 바라는 것처럼……. 이상했죠. 아니나 다를까 최이강이 먼저 염희준에게 시비를 걸었고, 염희준이 들고 있던 음료수를 빼앗아 들고 자기가 마셨어요. 그때야 알겠더라고요. 염희준, 쟤도 C로부터 약을 받았구나. 염희준은 기다렸어요. 최이강이 음료수를 절반 정도 먹을 때까지. 그리고 최이강이 한쪽 다리가 풀린 것처럼 비틀거리니까 그제야 덤벼들어 최이강을 사정없이 때리더라고요. 알고 있었던 거죠. 최이강이 자기 손에 들린 음료수를 빼앗아 먹을 것도, 음료수에 탄 약이 효과를 발휘할 것도."

연우의 예상대로였다. 찰리는 최이강에게 적대적일 수밖에 없는 약자들에게 떡밥을 던진 셈이었다.

"똑같이 염희준처럼 할 생각은 없었어요. 이제 졸업인데 쓰레기들은 조금만 더 버티면 되는 거잖아요. C인지 찰리인지 얼굴도 모르는 변태한테 휘둘리고 싶지도 않았고요."

"생각이 바뀐 건……."

조성진은 자신의 오른손을 내려다보고 있었다. 반창고 사이로 푸른 멍이 번져 있었다.

"편의점 창 너머에서 저를 보고 씨익 웃는데 온몸에 벌레가 기어가는 거 같았어요. 그때 주머니 안에 넣어 놓은 물약 통이 생각났고요. 역시나 예상한 대로 행동했어요. 한 가지, 예상하지 못한 부탁도 했지만요."

"예상하지 못한 부탁? 그게 뭐였는데?"

"정민호요. 정민호에 대해 알 만한 사람을 찾아내라고 했어요."

4부

연극이 끝나면

학습된 괴물들은 선택받았다는 우월감과 비밀스러운 소속감에 취해갔다.

연극이 시작되면, 관객은 즐길 뿐.

규칙이 바뀌고, 관객이 무대에 오르기 시작했다.

미친 게임에서 벗어나려는 사람은 또 다른 관객으로 무대에 올려졌다.

물론 완벽하게 역할을 소화해 내는 아이들도 있었다.

연극을 끝내는 방법은 찰리의 허락뿐.

1.

5년 전, 연우는 강남경찰서 광역수사대 소속으로 강남 8학군 연쇄 자살 사건을 담당했었다. 피해자는 십 대 청소년들 다섯 명이었고, 강남 8학군에 다니는 유복한 환경에서 자란 아이들이었다.

쉬쉬하면서 묻힐 사건이 수면 위로 드러나게 된 계기는 피해자 아버지 중 한 명이 경찰에 사건 조사를 의뢰하면서부터였다. 그의 직업은 의사였다. 딸의 유품을 정리하던 아버지가 책상 깊숙한 곳에서 약 봉투 몇 개를 발견하고 의문을 가졌고, 개인적으로 성분 분석을 의뢰한 것이다. 약에서는 마약 성분 일부가 검출되었다.

하지만 여자아이 셋, 남자아이 둘, 피해자 다섯 명의 연결 고리를 찾기란 쉽지 않았다. 장례식 이후 매장이 아닌 화장을 하여 약물 반응 분석도 할 수 없었다. 같은 초등학교 출신이 두 명 있었으나 서로 얼굴만 알았던 정도의 사이라고 했다.

동선 역시 학교, 집, 학원으로 단조로웠다. 대부분 엄마가 직접 자가용으로 '라이딩'했기 때문에 동선 밖의 사람과 마주칠 틈도 없었다. 무엇보다 어느 부모도 자기 자식과 마약을 연관 짓고 싶어 하지 않았다. 그들은 사건의 진실보다는 자신들이 지켜야 할 체면이 중요했다.

수사가 물살을 타게 된 건 뜻밖의 사건 때문이었다. 바로 논현동 주점 여종업원 사망 사건이었다. 사망 원인은 약물 중독에 의한 쇼크였고, 강남 8학군 연쇄 자살 사건 때 발견된 약과 같은 성분이었다. 가출 청소년인 열여덟 살 유흥업소 종사자와 강남 8학군 소속인 모범생들. 연우는 유흥업소 여종업원을 통해 접점을 찾기 위해 노력했다.

현장에서 수거된 소녀의 휴대 전화에는 별다른 문자나 전화 내역이 없었다. 오래된 친구나 같은 가게에서 일하는 사람들과 나눈 대화가 대부분이었다. 연우가 주목한 건 그녀의 휴대 전화 바탕 화면에 깔려 있는 카페 애플리케이션이었다. 카페 목록에는 그 또래가 관심 있는 뷰티, 패션, 여행에 대한 카페가 몇 개 있었다. 그리고 '찰리찰리'라는 이름의 카페가 있었다.

하지만 논현동 주점 여종업원 사망 사건에 주목한 이들은 강남서 광역수사대뿐만이 아니었다. 당시 마약 판매책을 쫓던 서울지방경찰청 소속 전 형사 역시 사건에 대한 자료를 요청했다. 전 형사는 논현동 주점 여종업원을 단순 마약 수요자가 아닌 판매책으로 보고 동태를 지켜보았다고 했다.

해당 사건은 상부에서 서울지방경찰청으로 넘기는 것으로 정리되는 분위기였다. 하지만 정작 사건 담당 형사였던 연우는 배제된 채 내려진 결정이었다.

같은 시각, 연우는 동생 지우의 이름을 빌려 카페 '찰리찰리'의 운영자 찰리에게 쪽지를 보냈다. 강남 8학군 피해자가 가지고 있던 약 봉투의 사진을 빌려, 같은 약을 구하고 싶다는 내용이었다. 그리고 찰리로부터 답장이 왔다. 10월 19일 목요일 저녁 9시, 연우는 찰리를 만나기로 약속했다. 하지만 그때는 알지 못했다. 서로를 알지 못한다는 사실이 돌이킬 수 없는 오해로 덮쳐왔다는 걸.

* * *

최이강의 발인이 있던 날 아침, 조성진은 변호사와 함께 경찰서에 출두하였다. 조성진은 스코폴라민이 들어있던 인공눈물을 교실에서 주워서 별생각 없이 주머니에 넣어두었고, 버리려고 편의점 탁자에 올려 둔 걸 최이강이 가지고 나가버렸다고 진술했다. 변호사 역시 조성진이 사건과 상관없음을 주장했다.

"최이강 사망 사고의 피의자는 트럭 운전기사입니다. 사망 원인도 교통사고로 인한 내장 파열이 직접적이라는 의사소견이 있지 않습니까?"

뒤늦게 경찰서에 온 최이강의 부모가 편의점 CCTV 녹화본 확인을 강력하게 요구했다. 하지만 5분간의 영상 어디에서도 조성진의 혐의를 찾을 수 없었다. 오히려 조성진을 위협적으로 대하는 최이강의 태도에 담당 경찰의 눈빛이 싸늘해졌다. 최이강이 인공눈물을 스스로 가지고 나가는 장면을 확인한 후 최이강 엄마는 넋이 나간 듯 주저앉았다.

연우는 조성진과 변호사를 복도에서 마주쳤다. 변호사와 함께 입구로 나가던 조성진은 다시 돌아와 연우에게 말했다.

"고맙습니다. 형사님 말씀대로 차라리 이게 편한 거 같아요."

연우의 시선이 입구 앞에 서 있는 변호사에게 향했다.

"물어볼 게 있는데."

"무슨 일인데요?"

조성진의 목소리는 그날 밤 계단에서 나눴던 대화처럼 떨려왔다.

"최이강이 정민호에 대해 알 만한 사람을 찾아내라고 시켰다고 했지?"

"……네."

"그래서 어떻게 했어? 알아봤어?"

"알아보긴 했는데, 지난겨울에 전학 와서 다들 모르더라고요. 중고등학교를 미국에서 다녀서 초등학교 동창을 찾긴 했는데, 이름이랑 미국으로 유학 갔다는 것 정도만 기억난다고……. 그대로 최이강한테 말하려고 했는데……."

연우는 예의상 미소를 지으며 조성진의 어깨를 토닥이고 변호사를 향해 눈인사를 했다.

사무실로 돌아온 연우는 동명고등학교 3학년 정민호에 대한 자료 조사를 계속했다. 을지로 심야 병원 앞 거리에서 홀로 후드를 뒤집어쓴 채 서성이던 아이. 동명 재단 정진욱 이사장의 외아들로 고급 세단을 타고 사라진 부잣집 도련님. 연우가 목격한 두 장면의 갭은 무척 컸다. 동시에 연우를 놀리기라도 하듯 여유로운 태도는 분명 한 사람의 얼굴이었다.

부암동 부녀 실종 사건에서 5년 만에 마주한 이름 '찰리'. 염희정 성폭력 사건에서 찰리의 얼굴 노릇을 했던 최이강. 그랬던 최이강이 죽었다. 그리고 연우는 생각지 않게 정민호 알리바이의 증인이 되었다.

이 모든 게 우연일까? 지금 정민호는 열아홉, 곧 새해를 넘으면 스무 살이 된다. 5년 전에는 열네 살이었을 텐데, 과연 열네 살 소년이 마약 판매책으로 음지에서 활동할 수 있었을까? 의심의 닻을 더 깊이 내릴 수도, 거둘 수도 없다.

미성년자인 정민호에 대한 조사는 한계가 있었다. 연우가 손에 쥘 수 있는 기록이라고 해봐야 정민호가 지난여름에 주민등록증을 만들며 저장된 지문 데이터, 출입국 관리 기록 정도였다. 가깝게 지낸 사람들에게 접근하는 것도 불가능했다. 중고등학교 학창 시절을 미국에서 보내서 한국에는 별다른 친구가 없었다.

초등학교 학적부에는 정민호 졸업 연도 자료 일부가 유실되어 기본 인적 사항만이 별도 기록된 데이터만 확인할 수 있었다. 사진은 없었다. 그리고 미국 중고등학교에서는 정민호 본인 또는 보호자의 동의가 있어야 개인 정보 열람이 가능하다고 전해왔다.

연우는 뜨거운 커피 한 잔을 내려 자리로 돌아와 앉았다. 천천히 다시 생각을 정리할 필요가 있었다. 정민호를 처음 본 건 최이강이 사고를 당했던 날 밤, 을지로 골목에서였다. 하지만 아닐 수도 있다. 고개를 숙인 채 구부정한 어깨, 주머니에 넣어 보이지 않는 두 손, 창백한 뺨. 분명 어디선가 보았다.

'정민호는 나를 어디선가 보았다.'

머릿속에 한 사람의 얼굴이 스쳤다. 연우는 자동차 키를 급히 쥐고 밖으로 나왔다. 자정이 넘은 늦은 밤이었다. 을지로 심야 병원은 여전히 셔터가 내려진 채 굳게 닫혀 있었다. 허탕이었다.

* * *

간밤에 이종한 서장실에 침입자가 들었다는 소문이 삽시간에 퍼졌다. 경찰서 안, 그것도 간부의 개인 사무실에 외부인이 침입했다는 건 조직의 수치였다. 다들 수군거리면서도 불똥이 이상하게 튀지 않을까 자세를 낮추기 급급했다. 준배가 다른 과 순경에게 듣고 온 이야기를 조심스럽게 박 팀장과 연우에게 전했다.

"야간 당직 서던 직원이 보고 뒤쫓아 갔는데 순식간에 자취를 감췄다고 합니다. 전경들까지 풀어서 뒤졌는데 찾지를 못했다고 하던데요."

"간이 배 밖으로 나왔나 보네. 여기가 어디라고 들어와?"

박 팀장은 시선을 신문에 고정한 채 혀를 끌끌 차며 말했다. 연우는 더 이상 질문 없이 신문만 보는 박 팀장을 힐긋 본 뒤 준배에게 물었다.

"서장실에서 뭐가 없어졌는데?"

"그건 잘 모르겠어요. 서장님이 다른 경찰들더러 나가라, 내가 정리하겠다. 그렇게 말씀하셨대요."

그때 전화벨이 울렸다. 연우 자리로 온 내선 전화였다.

"네. 종로서 여성청소년과 유연우입니다."

- 나, 이종한입니다. 다른 사람들한테는 말하지 말고 잠깐 내

방으로 좀 오죠.

이 서장은 짧게 말하고 먼저 전화를 끊었다.

연우는 두 번 노크를 하고 서장실로 들어갔다. 이 서장은 골프채를 들고 스윙 연습을 하다 연우를 보고 턱으로 소파를 가리켰다.

"거기 앉지."

연우는 허리 숙여 인사한 후 창가 소파에 앉았다. 탁자에는 파일집이 하나 놓여 있었다.

"앞에 있는 파일부터 열어보지."

연우는 파일집을 펼쳤다. 파일은 총 세 개로 나뉘어 클립으로 묶여 있었다. 첫 번째는 5년 전 서울지방경찰청에서 수사하던 강남 일대 마약 유통 관련 사건 조사 일지였다.

두 번째는 연우가 강남역 뒷골목으로 찾아갔던 날 찍힌 사진이었다. 을지로 심야 병원 앞에서 정민호의 소개로 갔던 불법 약물 유통지였다. 문 앞을 지키던 덩치와 이야기를 나누던 모습, 주위를 살펴보고 뒷문으로 들어서는 연우의 모습이 모두 찍혀 있었다.

세 번째는 정진욱의 신상 정보, 가족 관계, 재산, 병역, 납세, 전과 등이 정리된 파일이었다. 연우는 자신의 사진을 보자 머릿속이 표백되는 듯했다. 사진을 든 연우의 손끝은 떨렸지만, 이 서장은 태연하게 말을 이었다.

"내가 이 방으로 이사 오면서부터 골프를 시작했단 말이지. 근데 잘 안 늘어요. 손에 안 붙어. 언제 이런 걸 잡아 봤어야 말이지. 형사 생활하면서 손에 쥐는 거라고는 경찰봉이나 수갑밖에 더 있나? 근데 나이가 차고 직급이 오르니까 경찰봉보다는 골프채를 쥘 나이라고 하더군."

이 서장은 연거푸 공을 쳤지만, 번번이 헛스윙이었다.

"이렇게 적성에 안 맞는데 말이야."

왜 이종한 서장이 나에게 이 자료들을 보여주는 걸까. 첫 번째 서울지방경찰청 수사 조사 일지는 당시에 연우가 확인하려고 했지만, 접근이 불허된 자료였다. 담당 형사 이름을 적는 칸에는 〈이종한, 전창범〉이라고 쓰여 있었다. 세 번째 정진욱의 자료는 무엇일까. 간단한 프로필 수준이 아니었다. 국회의원 출마 후보자 정보 공개만큼이나 자세했다.

무엇보다 의아한 것은 두 번째 사진이었다. 누군가 내 뒤를 쫓았던 것일까. 아니다. 누군가 그곳에서 일어나는 일을 지켜보다 나를 목격한 것이다. 연우는 무엇이든 변명을 해야 했다.

"제가 찍힌 사진들에 대해 설명해 드릴 수 있습니다."

"물론 그렇겠지."

이 서장이 다시 샷을 날렸다. 골프공이 낮은 경사를 올라 드디어 홀 안으로 들어갔다. 이 서장은 만족스러운 미소를 짓고 홀 안에 손을 집어넣어 골프공을 꺼냈다. 그리고 연우를 향해 던졌다. 연우는 재빨리 손을 뻗어 두 손으로 물건을 감쌌다. 골프공이 아니었다. USB였다.

"간밤에 쥐새끼 하나가 내 방에 왔다 갔는데 아마도 그걸 찾았을 거야. 나는 그 쥐새끼가 외부인이라고 생각하지 않아. 믿을 수 있는 사람이 없지. 뭘 그렇게 모르겠단 표정으로 봐? 내가 휘두를 수 없는 경찰봉을 자네가 한 번 휘둘러보란 말이야."

이 서장은 골프채를 놓고 연우의 맞은편에 앉았다.

"저를 믿으십니까?"

"그럴 리가."

"박창민 팀장님, 전준배 순경, 그리고 저. 모두 5년 전 사건과 관계있는 사람들입니다."

"그게 내가 자네들을 한 팀으로 묶은 이유지. 유흥주점과 부동산으로 돈을 번 정진욱이 왜 사립 재단을 사들였다고 생각하나? 신분 세탁을 위해서? 우린 비슷한 궁금증을 가졌다고 생각하네. 잘 엮어봐."

연우는 이 서장실에서 나와 사무실에 들르지 않고 그대로 퇴근했다. 집으로 돌아가 파일집과 USB에 담긴 자료를 샅샅이 살폈다. 서울지방경찰청 수사 조사 일지는 당시 마약 중간책이 활동하던 곳으로 강남역 빌딩 M을 지목하고 있었다. 그곳은 연우가 갔던 유흥업소가 있던 빌딩으로 건물 소유주가 정진욱이었다. USB 안에는 정진욱의 5년간의 행적이 일주일 단위로 기재되어 있었다.

2.

준배는 줄곧 불안하게 박 팀장의 기분을 살폈다. 벽에 걸린 시계 시침은 11시를 넘어갔지만 아직까지 연우는 출근하지 않았고, 벌써 이틀째 결근이었다. 아무리 박 팀장이 곧 있을 승진 시험에 몰두해 있고 별다른 사건 접수가 없다고 하지만, 준배는 자꾸만 연우의 빈 책상이 신경 쓰였다.

"뭘 그렇게 힐끗힐끗 쳐다보냐?"

박 팀장은 준배를 보지도 않고 물었다.

"아…… 팀장님, 혹시 유연우 형사님 댁이 어딘지 아시나요?"

"왜?"

"아니, 전화도 꺼져 있고 벌써 이틀째 결근인데 혹시 아프시다거나 그럴 수도 있을 거 같아서요."

"신경 꺼. 지 동생 보러 갔을 거다."

"동생이요? 유 형사님 동생분은 서울에 안 사세요?"

그제야 박 팀장은 고개를 들어 준배의 얼굴을 물끄러미 보았다. 준배는 영문을 알 수 없었다. 잠시 고민하던 박 팀장은 책을 덮고 준배에게 함께 점심을 먹자고 말했다.

이른 점심시간이라 식당에는 손님들이 많지 않았다.

"5년 전에 내가 유연우랑 같이 강남서 광역수사대 소속이었단 말이야. 그때만 해도 유연우가 지금 같지 않았어. 여자가 현장 뛰기 힘들잖아. 근데 걘 확실히 촉이 있었어. 형사 생활 10년 짬 먹으면 생긴다는 촉을 걘 아주 타고났단 말이지. 악바리에 깡도 있었고……."

박 팀장은 아주 오래전에 죽은 사람을 회상하듯 말끝을 흐렸다. 준배는 박 팀장의 말을 들으며 젊은 날 연우의 모습을 떠올려 보았다.

"악바리에 깡도 있었다는 건 과거형이지 않습니까?"

준배의 질문에 박 팀장은 고개를 끄덕이며 말했다.

"유연우 지금은 어딘가 나사가 빠졌어. 동생 죽은 이후에."

"동생이…… 왜요?"

박 팀장은 쉽게 답을 못하고 연거푸 한숨을 쉬었다.

"나랑 유연우랑 같이 맡았던 사건이 있었어. 강남 8학군 다니는 애들이 연이어 자살한 사건이었는데 접점이 거의 없었지. 그러다 논현동 룸살롱에서 일하던 여자애가 약물 쇼크로 죽었는데 그 약물이 공통점이었던 거지."

"약물이요? 그럼 자살한 애들도 약을 했던 거예요?"

"다 그런 건지는 확실치 않아. 어린애들이 죽으니까 삼일장도 안 치르고 서둘러 화장을 했으니까. 근데 피해자 중 한 명 아빠가 딸 소지품 중에 약봉지를 발견한 거야. 그게 룸살롱 여종업원이 먹었던 약물과 같은 거였고. 그때 유연우의 귀신 같은 촉이 발동하기 시작한 거지. 룸살롱 여자애가 약을 구입한 카페에 접속해서 고객으로 위장하고 마약 판매책까지 접근을 했어. 그리고 만나기로 했지. 사실 그 전에 서울지방경찰청에서 마약 판매책을 쫓는다고 해당 사건을 넘기라는 지시가 떨어졌거든. 근데 이 꼬리만 잡으면 일망타진이다, 생각하고 나나 유연우나 그냥 진행을 해버렸단 말이야."

"그게 유연우 형사님 동생분과 무슨 상관이 있는데요?"

"구매자 역할을 할 미성년자가 필요했거든. 잘 되는 줄 알았지. 근데 '찰리'라던 닉네임을 쓰던 판매 중간책이 우리랑 똑같이 접근한 경찰청 형사들한테도 그 장소를 알려줬던 거야. 그래서 경찰청 사람들이 약속 장소에서 서성이던 유연우 동생을 판매자라고 생각하고 달려든 거야. 그쪽으로 제보가 들어왔었대. 열여덟 여자아이가 중간 판매책이다……. 경찰청 형사들은 그 제보 하나 믿고 들이닥친 거고…… 어린애가 겁먹어서 유연우랑 내가 있는 쪽으로 뛰어오다가 차에 치였어."

박 팀장은 물을 마시며 쓴 입을 헹궜다.

"이제 와서 생각해보면 유연우의 촉이 틀렸던 거야. 함정이었던 거지. 우리 모두가 걸려든 함정."

준배는 오래전 아버지가 술에 취해 들어와 마루에 누워 멍한 눈빛으로 혼잣말하던 모습이 떠올랐다. 미안하다. 몰랐다. 미안하고 또 미안하다. 누구에게 하는지 모르게 기도하듯 토해내던 혼잣말.

"아버지 돌아가시고 장례식장에서 동료 경찰분들이 하신 말씀을 들었었어요. 아버지께서 여고생을 용의자로 오해해서 사고가 있었고 그 일 이후 아버지가 많이 힘들어하셨다고요. 혹시…… 그 사건이 저희 아버지와 관계된 사건이었나요?"

어렵게 물어본 준배의 질문에 박 팀장은 대답 대신 짧게 고개를 끄덕이고 멀리 시선을 돌렸다.

* * *

그날 오후, 연우는 한성대 부근 원룸 건물 앞에 차를 세우고 누군가를 기다리고 있었다. 건너편 건물은 이지원 모녀가 부암동 푸른아파트 대신 임시 거처로 지내는 곳이었다. 주차장 옆 유리문이 열리고 오선숙과 이지원이 손을 잡고 나왔다. 이지원의 오른쪽 어깨는 목발이 지탱하고 있었다.

어젯밤, 연우는 오선숙에게 전화를 걸어 잘 지내는지, 어려운 점은 없는지 형식적인 안부를 물었다. 그리고 솔직한 부탁을 했다. 이지원을 만나 묻고 싶은 게 있다는 것이었다. 오선숙은 쉽게 대답하지 못했다. 당연한 일이었다.

연우는 기억하고 있었다. 이지원을 강원도 삼척 인근 민박집에서 데리고 온 날 새벽, 오선숙은 경찰서 복도를 불안한 발걸음으로 서성이고 있었다. 그리고 심문실에서 나오는 딸 이지원의 눈을 제대로 쳐다보지 못했다.

어쩌면 남편 이승구의 죽음에 딸이 개입했을지도 모른다는 의심. 불안한 의심이 확신이 될까. 그녀는 또 다른 악몽이 될까, 의심을 애써 누르고 있었다. 그녀의 눈에 서린 두려움을 연우는 느낄 수 있었다. 그래서 연우는 오선숙에게 약속했다. 이지원을 만나서 이승구에 대한 질문을 하지 않기로.

오선숙은 식당으로 출근하는 길이라며 연우에게 이지원을 병원까지 데려다줄 것을 부탁했다. 이지원은 신경정신과에서 정기적인 상담 치료를 받고 있었다.

"오랜만이야."

연우는 편안한 미소로 이지원에게 인사를 건넸다. 이지원은 생각했던 것보다 연우를 경계하지 않았다. 차 키를 누르려는 연우에게 이지원이 말했다.

"병원까지 천천히 걸어가면 삼십 분 정도 걸려요."

연우는 이지원과 함께 골목을 걸어 나왔다. 먼저 침묵을 깬 사람은 이지원이었다.

"엄마 통해서 형사님이 절 봤으면 한다는 이야기를 들었을 때 겁이 났어요. 그날은 절 보내 주셨지만, 생각이 바뀌셨을 수도 있으니까요."

"장경진은…… 상고를 포기했다고 들었어."

이승구 살인 혐의로 체포된 장경진은 살인죄를 인정하였고 대법원 상고를 포기하였다. 장경진이 제출한 상고 포기서에는 '상고를 포기하겠습니다.'라는 짧은 한 문장과 손도장뿐이었다. 변론을 맡은 국선 변호사가 있었지만, 장경진 스스로 직접 상고 포기서를 작성해 법원에 제출했다고 했다. 징역 15년형이 확정이었다. 장경진은 이지원과 범죄를 공모한 사실을 누구에게도 말하지 않았다. 누구에게도.

이지원은 장경진의 이야기에 말이 없었다.

"걱정하지 마. 장경진 때문에 온 건 아니니까."

대학로 사거리에 들어서자 점심을 먹으러 나온 학생들과 직장인들 인파가 많아졌다. 연우는 이지원을 부축하며 본론을 꺼냈다.

“잠겨 있던 책상 서랍에서 지원 양과 어울리지 않는 원피스나 화장품을 보고 뭔가 잘못된 상황이라고 직감했어. 그때 서랍에 보라색 알약도 있었어. 기억나?”

“네. 하지만 그건 제 약이었어요. 누굴 해하려고 한 게 아니라…….”

“알아. 내가 궁금한 건 그 보라색 알약을 누구한테 받았냐는 거야.”

이지원은 잠시 머뭇거렸지만 숨길 게 없다는 듯 담담히 이야기했다.

“집으로 배달됐어요. 처음에는 잘못된 우편물이라고 생각했는데 거의 매일 빠짐없이 편지 봉투에 담겨서 왔어요. 무슨 약인지는 모르지만, 이걸 다 모아서 한입에 털어 넣으면 죽을 수도 있지 않을까, 생각했어요. 그래서 하나씩 모아뒀어요. 그런데 그날은 봉투 안에 쪽지가 들어있었어요.”

쪽지 안에는 자신의 손을 더럽히지 않고 남의 손을 빌려 이승구를 죽일 수 있는 방법에 대해 적혀 있었다고 했다.

“적혀 있는 그대로 했어요. 인터넷 방송 사이트에 회원 가입을 하고, 야한 옷을 입고 캠 카메라 앞에 아무 말 없이 앉아 있으면 외롭고 멍청한 남자들이 알아서 붙을 거라고 했어요. 제 손이 되어줄 외롭고 멍청한 남자들이요. 방송을 시작한 지 일주일이 지났을 때 즈음 쪽지가 왔어요."

연우는 이지원의 아이디로 접속했을 때 받았던 쪽지의 발신자 '찰리'를 떠올렸다.

"뭐라고 왔는데?"

"그냥…… 이지원과 열매는 다른 인격이니까 죄책감도 수치심도 가질 필요가 없다고 했어요."

다른 인격.

"연락해서 지원 양이 열매라는 이름으로 방송을 한다고 알렸었어?"

"아뇨. 편지 봉투에 발신자는 없었어요. 방송을 할 때도 그랬고요. 근데 그 사람은 저를 알고 있는 것 같았어요."

"찰리."

이지원은 어떻게 그걸 알았냐는 표정으로 걸음을 멈추고 연우를 바라봤다. 연우는 하드디스크를 복사했다는 이야기까지는 하지 않았다. 이지원은 이후에 벌어진 일에 대해서도 이야기했다.

이지원을 대신해서 이승구를 살해할 대상도 찰리가 남자들이 보낸 쪽지를 모두 검토하고 장경진으로 선택했다고 했다. 이지원은 찰리를 직접 마주한 적이 없었다. 하지만 찰리는 이지원의 집 주소, 얼굴, 가정 형편을 알고 있는 게 분명했다.

"혹시 중학교 때 연락처를 통해서 알았을 수 있나?"

이지원은 고개를 저었다.

"엄마가 집을 나간 후로 옆 동으로 이사했으니까 그건 아닐 거예요. 저도 그게 궁금했어요. 이 사람은 나를 어떻게 알았을까."

벌써 병원 입구가 저만치 보였다.

"어쩌면 장경진…… 그 사람이 찰리일지도 모른다고 생각했어요. 죽고 싶을 때 내 눈앞에 나타난 유일한 사람이니까. 형사님이 왜 찰리를 찾는지는 모르겠지만 저한테는 그랬어요."

"혹시 사건 이후로 연락한 적이 있어?"

"아뇨. 그날 이후로 부암동 아파트를 가지 않았어요."

"근데요. 형사님."

병원 입구를 향해 걸어가던 이지원이 멈춰서 연우의 눈을 보고 말했다.

"저는 후회 안 해요."

연우는 오랫동안 자리를 뜨지 않고 절뚝거리며 걷는 이지원의 뒷모습을 바라보았다. 후회하지 않는다는 말이 깊이 남은 채.

연우는 그날 오후 세 시가 넘어서야 사무실로 출근했다. 혼자 자리를 지키던 준배가 연우를 반갑게 맞았다.

"다른 사람들은 어디 갔어?"

박 팀장을 비롯한 대부분의 자리가 비어있었다.

"A팀은 학교 폭력 예방 캠페인 가셨습니다. 팀장님은 잠깐 사우나 다녀오신다고……."

연우는 고개를 끄덕이며 자리에 앉았다. 준배는 어설프게 주위를 서성이다가 연우에게 어렵게 말을 걸었다.

"근데요. 선배님. 제가 전부터 계속 마음에 걸렸던 부분이 있는데요."

"뭔데?"

"염희정 성폭력 사건 때 분명 한소영이 최이강을 그날 처음 봤다고 했잖아요. 근데 그 말이 진짜일까요?"

준배는 자신의 휴대 전화 갤러리를 눌러서 연우에게 보였다. 화면 속 사진은 한소영의 SNS 스크린샷이었다. 한소영이 어떤 남자의 어깨에 기대어 애교 있는 표정으로 꽃받침을 하고 있었다. 흔한 커플 사진이었다.

한소영의 왼쪽 손목에는 검은 가죽 줄로 만든 팔찌가 보였다. 한소영을 말리는 듯 팔을 잡는 남자의 손목에도 역시 같은 검은 가죽 팔찌가 보였다. 남자의 얼굴은 입술 위로는 알 수가 없었다.

"선배님, 여기 사진 오른쪽 상단에 32주 전이라고 쓰여 있잖아요. 그럼 8개월 전에 찍어서 올린 사진이 분명하거든요."

"너, 이 남자가 최이강이라는 거야?"

"확실하진 않는데요……."

준배는 말끝을 흐렸지만 다시 갤러리 사진 하나를 찾아 연우에게 보였다. 최이강의 사건 현장 보고 사진이었다. 아스팔트 위에 피투성이가 되어 쓰러진 최이강. 오른쪽 손목에 한소영이 한 것과 같은 검은 가죽 팔찌가 보였다.

연우는 다시 한소영의 SNS 스크린샷 속 남자와 최이강을 비교하였다. 닮은 건 팔찌뿐만이 아니었다. 팔꿈치에 길게 찢어진 자국을 꿰맨 상처도 같았다.

한소영은 연우에게 인사동 리원 갤러리에서 최이강을 처음 보았다고 말했다. 그가 찰리인 줄 알았다는 말도 함께 했었다. 한소영이 최이강과 전부터 알던 사이였다면…… 염희정 성폭력 사건은 초기 조사 방향부터 잘못된 것이다. 무엇을 놓치고 있는 걸까.

"그리고 또 봤습니다. 검은 가죽 팔찌를 하고 있던 사람 말입니다."

"누군데?"

연우의 목소리가 날카로워졌다.

"며칠 전에 최이강 사고 관련해서 참고인 조사 받았던 그 친구요. 정민호."

준배는 난생처음 하는 참고인 조사에 긴장하기도 했지만, 집중력을 잃게 된 건 깍지를 낀 채 책상 위에 올려진 정민호의 손을 보고 나서였다. 손목에 있는 검정 가죽 팔찌. 분명 어디선가 보았지만 생각이 나질 않았다. 그게 오늘에서야 떠오른 것이다. 준배의 말을 들은 연우는 다시 외투를 집어 들고 일어섰다.

“선배님, 어디 가시게요? 한소영 만나러 가세요?”

“아니. 염희정.”

“같이 가요, 선배님!”

준배는 서둘러 사무실을 나가는 연우의 뒤를 쫓아갔다.

* * *

염희정의 집은 평창동 고급 주택 단지에서도 가장 담장이 높았다. 준배가 염희정의 집을 신기하게 올려다보던 사이 연우는 대문 앞 초인종을 눌렀다. 하지만 인터폰을 통해 들을 수 있는 건 ‘집에 사람이 없다.’라는 가사도우미의 목소리뿐이었다. 연우는 골목 귀퉁이에 차를 세우고 기다렸다.

“선배님, 박 팀장님께 동생 분 사고 관련한 이야기를 들었습니다.”

준배가 크게 심호흡을 하고 말했다.

“그동안 저를 탐탁지 않게 생각하셨을 수도 있었겠다는 생각이 들었습니다.”

“너를 왜 그렇게 생각하겠어? 넌 지금 내가 왜 여기 너를 데리고 왔다고 생각해?”

“네?”

“아버지 일이 아들 일이 될 순 없겠지만, 전 형사님도 나만큼 그 자식을 잡고 싶으실 테니까.”

준배는 연우의 대답에 박 팀장이 말했던 ‘찰리’가 떠올랐다.

“5년 전에 ‘찰리’라는 닉네임을 쓴 중간 판매책 말씀하시는 거죠?”

“너한테 별 이야기를 다 하셨다?”

연우와 준배가 대화하는 사이 검은 세단이 대문 앞에 서는 게 보였다. 운전석에서 내리는 사람은 희정 엄마였다. 두 달여 만에 연우를 다시 마주한 희정 엄마의 태도는 강경했다.

“이제 저희를 좀 내버려 두세요. 그때 일은 생각하고 싶지도 않고, 희정이도 누구를 만나서 그때 일을 이야기할 만큼 회복되지 않았어요.”

연우는 현관 안으로 들어서려는 희정 엄마를 붙잡고 거듭 물었다.

“혹시 희정이가 그날 이후 한소영 학생을 만난 적은 있나요?”

희정 엄마는 울컥하는 마음을 잠재우며 한숨을 토했다.

“아뇨. 친한 소영이 얼굴조차 마주하기 힘들어해요. 그러니 형사님을 보는 일은 더 힘들겠지요?"

희정 엄마는 짧은 목례를 하고서 문을 닫았다. 촘촘한 창살 사이로 돌계단을 올라가는 희정 엄마의 앙상한 뒷모습이 보였다.

시간이 지나 해가 지고 있었다. 연우는 염희정의 집을 올려다봤다. 가지치기를 해서 앙상하게 팔만 남은 나무 위로 커튼이 쳐진 창문이 보였다. 커튼이 반 즈음 걷어지고 소녀의 하얀 얼굴이 드러났다. 염희정이었다. 염희정은 커튼 뒤에 숨어 담장 밖 연우와 준배가 타고 있는 차를 지켜보고 있었다.

갑자기 조수석에 앉아 있던 준배가 차에서 내려 골목을 올라오던 교복 입은 남학생에게 뛰어갔다. 남학생의 옆모습을 보니 연우 또한 아는 얼굴이었다. 염희정 동생인 염희준이었다. 연우는 운전석에 앉아 준배와 염희준의 대화를 멀리서 지켜보았다. 준배는 아마도 누나를 만날 수 없는지 동생에게 부탁하는 듯했다.

다시 차로 돌아온 준배는 '이야기해보고 메시지를 주기로 했다.'라고 말했다. 얼마 후 커튼이 반 즈음 걷힌 방의 불이 꺼졌다.

차고 문이 열리고 염희정은 염희준과 함께 모습을 드러냈다. 준배는 염희준과 함께 자리를 비켜 주고, 차 안에는 연우와 염희정만 남았다.

"엄마 몰래 나온 거예요. 곧 들어가 봐야 해요."

"유학 준비는 잘 되어 가?"

"모레 출국이에요."

"잘됐네."

"뭐가 잘돼요?"

순간 염희정의 목소리가 날카롭게 떨렸다.

"그럼 괴물 같은 애들한테 둘러싸여서 계속 살고 싶어? …… 알잖아. 누가 너한테 그런 짓을 한 건지. 시킨 사람이 누군지."

좁은 차 안에서 염희정이 깊은숨을 삼키는 소리가 들렸다. 연우의 짐작이 맞는다면, 고소를 취하하고 급하게 학교로부터 벗어나려는 이유가 설명된다. 연우는 염희정에게 시선을 떼지 않고 말했다.

"한소영이잖아. 네 친구였던 한소영."

염희정은 '한소영'의 이름을 듣는 순간 고개를 떨구었다. 머리카락으로 얼굴이 반 즈음 가려졌지만, 소리 없이 흐르는 눈물이 턱에 맺혀 손등 위로 떨어졌다.

"말해줘. 한소영이 어떤 애인지."

"직접 가서 물으세요."

염희정은 더 이상 참기 힘든 듯 문손잡이를 잡고 열려고 했다. 연우는 강하게 염희정의 손을 잡아당겼다.

"나는 찰리를 찾고 있어. 찾아야 해."

한소영이 연우에게 진술했던 일련의 인과 관계는 틀린 부분이 없었다. 염희정이 한소영을 통해 '버블티'를 알게 되고, 찰리에게 '버블티'를 사기 위해 인사동 리원 갤러리를 찾아간 건 사실이었다. 문제는 염희정이 자신의 임신 사실을 한소영에게 알린 그날부터였다.

"화장실에서 혼자 임신 테스트를 확인하고 너무 무서웠어요. 소영이에게 너무 무서우니까 제발 와달라고 문자를 보냈는데 답장이 없었어요. 수업 종이 울리고 교실로 돌아갔더니 소영이가 자리에 앉아있더라고요. 분명 저를 봤는데 눈을 피했어요. 교실 뒤에서 아이들이 찰리찰리 게임을 하고 있었고 아이들이 외우는 주문 소리에 그날의 기억이 떠올랐어요. 이제까지 생각나지 않았던 기억이요."

되살아난 기억 속에서 한소영은 도망치지 않고 웃고 있었다. 염희정이 약에 취해 힘없이 소파에 쓰러진 순간 문가에 기대어 묘한 웃음을 짓던 표정이 뚜렷하게 생각났다.

* * *

한소영에게 전화를 걸었지만 받지 않았다. 염희정이 직접 확인하기 위해 보건실 문을 여는 순간 바로 앞에 한소영이 서 있었다. 한소영은 자신을 잡고 흔드는 염희정의 손길을 차갑게 뿌리치며 비웃었다.

"처음에는 아주 사소한 놀이였어. 술을 마시거나, 버블티에 취하거나. 어느 날은 어떤 남자애를 불러다가 눈을 가리고 발가벗겨 네 발로 바닥을 기어 다니게도 했어. 걔 이름이 뭐더라? 생각은 안 난다. 최이강이 데리고 왔던 애였는데. 갤러리에 널 부른 일도 그런 놀이 중 하나였던 거야. 그냥 네가 재수가 없었던 거지. 진짜 재미는 그날 밤이었어. 자정이 좀 넘었을 때거든. 대치동에서 영어 과외 하고 엄마 차 타고 집으로 돌아가는데 나는 피곤해서 뒷좌석에 누워있겠다고 했단 말이야. 근데 그때 찰리가 오픈 카톡방에 링크를 하나 띄웠어. 처음에는 차 안도 어둡고 화면도 어두워서 잘 보이지 않았어. 거기서 어떤 남자가 목을 졸리면서 발버둥 치는 거야. 그게 누군 줄 알아? 너도 알고 나도 아는 사람이야."

한소영은 염희정에게 이승구가 살해당한 순간에 대해 생생하게 묘사했다. 염희정은 소름이 끼쳐 한소영의 얼굴을 마주할 수 없었다. 지금까지 알고 있던 한소영의 모습이 아니었다. 하지만 한소영은 문을 막아서고 염희정에게 더욱 퍼부어댔다.

"찰리가 누구인지 몰라. 사실 그가 누구든 중요하지 않아. 중요한 건 내가 선택받았다는 사실이지. 같은 교실에 앉아 같은 책을 읽는다고 우리가 같은 수준은 아니잖아. 선택은 소수만이 할 수 있고 소수만이 누리는 거야. 아니라고 하지 마. 누구나 선택받고 싶어 해. 너라고 다를 것 같아? 입만 열어봐. 이번에는 네가 아니라 네 동생을 가만두지 않을 테니까. 하긴, 어떤 어른이 이런 미친 이야기를 믿겠어. 네가 미친 사람 취급을 받겠지."

한소영은 보건실을 나갔고, 염희정은 억울함과 배신감에 바닥에 엎드린 채 울었다. 단지 공부를 위해 잠을 줄여야 했고, 친구가 건넨 보라색 알약 '버블티'를 먹었던 것뿐이었다. 단 한 번의 행동이 고리가 되어 지금까지 오게 되리라 생각하지 못했다.

학교 옥상 난간에 선 순간, 염희정은 원치 않은 임신을 끊고 싶은 마음만큼이나 동생 희준에게 닥칠지도 모르는 그림자를 막고 싶었다.

* * *

범죄를 기획하고 공모하는 감독. 조명이 비치지 않는 자리에 앉아 무대 위 타인의 고통을 관람하는 관객들. 감독도 관객도 모두 평범해 보이는 아이들이었다. 어디서부터 이상한 범죄가 시작된 걸까? 무엇을 위해서? 누가 찰리일까? 찰리는 죽은 최이강보다 정민호일 가능성이 높았다. 한소영은 5년 전 사건과의 접점이 없었다. 연우는 마지막으로 염희정에게 확인했다.

“정민호라는 친구를 알아요? 염희정 양과 같은 초등학교에 다녔더라고요. 지금은 동명고등학교 3학년이고 최이강의 친구예요.”

‘정민호’라는 이름을 듣고 염희정의 눈빛이 미세하게 떨렸다. 연우는 휴대 전화에서 정민호의 증명사진을 찾아 보여줬다. 연우는 어젯밤 이지원, 염희정, 한소영, 최이강, 정민호의 출신 학교와 기본 이력을 조사하여 비교하였다. 분명 접점이 있을 것이다. 하지만 사진을 보던 염희정이 고개를 저었다.

“어렸을 때 민호 오빠와 같은 교회를 다녔었어요. 둘 다 조용하고 낯을 가려서 친구가 없었고 오빠가 미국 가기 전까지 가깝게 지냈어요. 근데 이 사람은 민호 오빠가 아니에요. 많이 닮았지만, 아니에요.”

갑자기 차 문이 벌컥 열렸다. 희정 엄마였다. 희정은 연우에게 따지려는 엄마를 말리며 서둘러 집으로 돌아갔다.

3.

정민호는 경찰 조사 이후 이렇다 할 행동이 없었다. 학교 수업이 끝나면 기사가 픽업해서 집으로 데려다줬고, 다음날 다시 기사 동행으로 등교했다. 밤에 혼자 빠져나오는 일도 없었다. 정민호의 아버지 정진욱 역시 외부 인사와의 특별한 약속 없이 귀가했다. 이 서장 말대로 자신들을 지켜보는 시선을 느꼈을지도 모른다. 결정적인 증거가 필요했다.

사무실로 복귀한 연우는 메일부터 확인했다. 정보원에게 이승구에 관해 요청했던 자료가 도착해 있었다. 이승구가 동명 재단의 동명여고 늦깎이 교사로 부임한 건 3년 전이라고 했다. 자료에 따르면 이전에는 '동암 종합 건설'이라는 회사 소속이었다. 동암 종합 건설의 대표자명은 '정진욱'이라고 쓰여 있었다.

종이 위에 피해자와 가해자를 썼다. 피해자에는 이지원, 염희정을, 가해자에는 한소영, 최이강의 이름을 적었다. 그리고 손가락 한 마디 정도 떨어진 부분에 정민호, 이승구의 이름을 적었다.

이지원은 다른 아이들을 알지 못한다. 하지만 이지원의 아버지 이승구는 염희정과 한소영의 과목 교사이자 정민호의 아버지 정진욱 소유 재단의 교사였다. 염희정은 한소영과 중학교 때부터 단짝 친구로, 한소영의 남자 친구로 추측되는 최이강에게 성폭력을 당했다. 최이강과 정민호는 동명고 같은 반 친구 사이이다.

지금 가장 중요한 건 염희정이 기억하는 '정민호'가 지금 동명고 3학년 정민호가 아니라는 사실이다. 그럼 지금의 정민호는 누구인가. 그리고 이승구는 어떤 역할을 했을까. 모두가 희미하게 연결되어 있는 관계였다.

연우는 서랍 속 정진욱의 신상 파일 중 가족 관계를 다시 살펴보았다. 정진욱(남, 50), 처 김혜경(여, 45, 2005년 사망), 장남 정수호(남, 24, 2019년 사망), 그리고 차남 정민호(남, 19). 정수호의 사망 원인에 대해서는 '미국 유학 중 기숙사에서 추락사'라고 짧게 언급되어 있었다.

정수호는 정진욱의 2남 중 장남으로 동생인 정민호와는 다섯 살 터울이었다. 정수호가 10살 때 어머니가 사망하였고, 5년 전 미국 뉴저지로 유학을 간 기록이 남아 있었다. 정민호도 형과 함께 미국으로 건너갔다. 그리고 형 정수호가 죽고 동생 정민호만 한국으로 돌아온 것이다.

연우는 정 씨 일가의 출입국 관리 기록을 확인했다. 기록에 따르면 수호, 민호 형제가 지난 5년간 한국을 방문한 적은 없었다. 대신 정진욱이 주기적으로 미국을 방문했고, 10개월 전 미국으로 출국하여 정민호와 함께 귀국하였다.

* * *

다시 찾은 을지로 심야 병원, 닥터가 바닥에 쭈그리고 앉아 건물 입구를 잠근 열쇠를 풀고 셔터를 올리고 있었다. 연우는 발걸음 소리를 더욱 낮추고 조용히 벽 그늘에 몸을 숨겼다. 골목 안에는 드르륵 셔터 올라가는 소리만 들렸다. 닥터는 셔터 자물쇠 열쇠를 바지 주머니에 넣다가 옆으로 길어지는 그림자를 발견했다.

"간 떨어질 뻔했네. 아가씨 오랜만이야."

연우는 말없이 한 발짝 다가섰다.

닥터는 자신을 위아래로 쳐다보는 연우의 시선에 의아함을 느꼈다. 본능적으로 경계가 높아졌다.

"내가 오랜만에 영업하는 거라 세팅을 좀 해야 해서. 한 삼십분 뒤에 오지?"

서둘러 문을 닫고 들어가려는 닥터에게 연우가 바로 경찰봉을 휘둘렀다. 휴대전화를 향해 뻗는 닥터의 손을 제지하고 등 뒤로 꺾어 수갑을 채웠다. 가게 앞을 지키는 덩치가 오기 전에 서둘러야 했다.

연우는 승용차를 강북 고속도로 방면으로 몰았다. 자정이 넘은 시각, 도로 위에 차가 적지 않았지만 연우는 거칠게 운전했다.

"속도 좀 줄입시다!"

뒷좌석에 앉은 닥터는 자꾸만 속도가 높아지는 계기판을 보고 불안에 떨었다. 그의 두 손은 수갑에 채워진 채 천장 손잡이에 연결되어 있었다.

"그러니까 말해. 사진 똑바로 보라고."

연우의 목소리는 흔들림이 없었다. 조수석 머리 받침 뒤에는 정민호의 증명사진이 확대되어 붙어 있었다. 닥터는 사진 속 인물이 누구인지 알지만 모르는 척 말을 돌렸다.

"아니, 아는 게 없다니까 그러네. 나는 받은 현금만큼 약 판 죄밖에 없어요! 이 새끼가 누군지 내가 알 게 뭐야!"

차 속도는 130km를 넘어섰다. 속도가 높아지자 닥터가 몸을 휘청이며 유리에 머리를 부딪쳤다. 죽는 소리를 내며 골골거렸지만, 연우는 아랑곳하지 않고 조수석에 있는 가방을 잡아당겼다.

"아저씨, 이거 뭔지 알아?"

닥터가 연우의 말에 눈을 뜨고 앞을 보았다. 연우의 손에 들린 것은 알약 스무 개 남짓이었다.

"아저씨 말대로 좀 센 약인지 약효가 좋아. 이거 내가 일 분에 하나씩 먹을 거거든? 우리 둘 다 못 내려. 너 입 열기 전에는."

백미러에 싸늘히 웃는 연우의 눈빛이 보였다. 연우는 말한 대로 약 하나를 입에 털어 넣은 후 액셀을 밟아 주행 속도를 더욱 높였다. 닥터는 자신이 팔았던 신경 안정제와 수면제를 알아봤다. 수면 유도제가 아닌 수면제였다. 저대로 계속 약을 먹었다가는 다른 차와 연쇄 충돌을 일으키거나 가드레일을 들이받아 전복할 수도 있었다. 사색이 된 닥터는 벌벌 떨며 고함을 질렀다.

"말할게! 제발 속도 좀 줄여요!"

"이야기 먼저 해."

연우의 말에 닥터는 숨을 고르며 어쩔 수 없다는 듯 입을 열었다.

"그 애새끼 현금은 한 번도 막힌 적이 없었는데 좀 또라이 같았지. 그런 놈들 있잖아, 다 뜯어봐도 멀쩡한데 소름 돋는 애. 그래서 걔는 그냥 강남 쪽으로 넘겼었어. 근데 다시 찾아온 거야. 5년 만에."

"5년 전이면 걔가 열네 살인데 그때도 약을 팔았다는 거야?"

닥터가 악을 쓰며 대들었다.

"약을 처먹더니 돌았나. 내가 돈에 환장해도 중딩한테 약 팔았겠어? 처음 날 찾아왔을 때가 열아홉인가 스무 살 때였어. 지금은 스물넷이나 다섯쯤 됐겠지."

의심이 확신이 되는 순간이었다. 증명은 어떻게 할 수 있을까.

그때 닥터가 다시 목소리를 높였다.

"혹시 말이야. 내가 그 자식에 관해서 쓸 만한 정보 주면 내 형량이랑 딜 되나?"

"들어 보고 결정하지."

"그 자식이 마지막에 찾아와서 사간 게 평소랑 달랐단 말이야. 수면제를 그렇게 사가더라고."

"수면제?"

"그래! 네가 방금 처먹은 그 수면제 말이야!"

연우의 추측이 맞는다면 마지막 남은 타깃은 한 사람뿐이었다.

* * *

준배는 연우의 지시대로 자정까지 정민호의 집 앞에서 잠복을 했다. 오늘은 동명고등학교 방학식이 있는 날이었다. 정민호는 오후 1시에 하교한 뒤 집 밖으로 나오지 않았다. 정진욱이 집으로 돌아온 시각은 밤 10시 20분 경이었다. 오늘은 평소보다 늦은 귀가였다. 차에서 내리던 정진욱은 술에 취한 듯 조금 비틀거렸고, 기사의 부축을 받고 집으로 들어섰다.

준배는 여느 때처럼 정민호와 정진욱의 귀가 시간을 연우에게 메시지로 보고하고 대로변 편의점에서 너무 늦은 저녁을 먹었다. 컵라면이 익기를 기다리며 마른 삼각 김밥을 씹을 때, 사이렌

소리와 함께 번쩍이는 불빛이 연이어 비쳤다. 소방차 두 대가 평창동 주택 단지 위쪽을 향해 빠르게 지나가는 게 보였다.

왠지 모를 불길한 예감이 스쳤다. 준배는 편의점 밖으로 뛰쳐나와 자동차 시동부터 켰다.

화재는 건물 안에서 시작된 듯했다. 소방차들이 높은 담장에 사다리를 대고 물을 뿌리기 시작했지만, 불길을 잡기는 쉽지 않았다. 준배의 연락을 받고 도착한 연우는 소방관에게 뛰어가 경찰 배지를 보였다.

"종로서 유연우 경위입니다. 구조는 어떻게 됐나요?"

"다행히 한 명 구조가 됐습니다. 집 안에 다른 사람은 없다고 하니까……."

"네? 다른 사람이 없다뇨? 이 집 주인 정진욱 씨가 들어가는 걸 제가 봤습니다!"

준배의 항의에 소방관은 당황하며 담벼락 쪽을 가리켰다.

"아니, 구조된 청년이 분명히 집에 혼자 있었다고 했는데……."

소방관이 가리킨 손끝에는 담벼락 아래 담요를 덮고 휴식을 취하고 있는 정민호가 있었다. 정민호는 동네 주민이 가져다준 생수를 마시며 목을 축이고 있었다.

"아니에요! 저 안에 사람이 있어요! 반드시 살려야 합니다."

연우의 절박한 부탁에 소방관 몇 명이 다시 집 안으로 뛰어들었다. 정진욱이 소방관들의 부축을 받고 실려 나온 건 십 여분이 지난 후였다. 미리 대기하고 있던 구급차로 옮겨졌다.

"어디서 발견했나요?"

연우는 정진욱을 데리고 나온 소방관 한 명을 붙잡고 물었다.

"거실 바닥에 쓰러져 있었습니다. 몸이 현관 쪽을 향한 걸 봐서 탈출하려고 애썼던 것 같습니다."

정진욱의 상태는 심각했다. 얼굴은 검은 연기로 뒤덮여 있었고 등은 화상으로 벌겋게 부풀어 오르고 있었다. 등에 생긴 화상으로 인해 바로 눕히지 못하고 옆으로 눕혀 산소 호흡기를 대야 했다. 연우는 준배를 정진욱의 보호자로 함께 구급차에 태워 보냈다.

정민호는 여전히 담벼락 아래 앉아 담요를 두르고 있었다. 연우는 정민호에게 다가가 앞에 섰다. 그리고 주위 사람들에게 들리지 않을 만한 목소리로 말했다.

"아버지가 죽다 살아 나왔는데 이러고 있니? 싸가지 없게?"

정민호는 어이없다는 듯 연우를 올려다보았다. 떨리는 입술꼬리를 억지로 잡아 내리는 게 보였다. 연우는 뒤에서 다가오는 소방관이 들릴 만한 목소리로 다시 말했다.

"정민호 씨, 저와 함께 경찰서로 가시죠."

"제가 왜 경찰서에 가야 하죠?"

"원래 화재 사건이 생기면 관할서에서 조사를 합니다. 자연 발화인지 고의 방화인지."

* * *

경찰서 심문실 안, 정민호는 연우의 시선을 피하지 않고 답했다.

"아버지가 집에 들어오신 지 몰랐어요. 안방을 확인하기에는 거실에 불이 너무 거셌고요. 그래서 소방관에게 집에 혼자 있었다고 말한 겁니다."

"화재가 시작된 곳이 어디였죠?"

"모르겠는데요?"

"방이 1층입니까, 2층입니까?"

"……2층입니다."

"어디를 통해 건물 밖으로 나왔죠? 2층 창문? 아님, 현관?"

"……."

"정원에서 건물 안으로 진입하려고 하던 소방관 말로는 현관에서 빠져나오는 걸 목격했다고 했는데, 거실에 불이 거세도 이층부터 현관까지 가로질러 나왔다?"

"……네. 그럼 안 됩니까?"

"안 될 걸 없지만 우리 좀 솔직해집시다. 정수호 씨."

정민호는 잠시 연우의 눈을 보다가 웃음을 터트리며 말했다.

"내가 누구라고요?"

"그만하라고, 정수호! 5년 전에 강남 일대에 불법 약물을 유통시키던 널 네 아버지 정진욱 이사장이 미국으로 빼돌렸지. 네가 걱정돼서 동생 정민호까지 동행시켜서 말이야. 그런데 작년 겨울 정민호가 아파트에서 추락사했어. 만약 정말 사고였다면 왜 정진욱이 장남과 차남의 이름을 바꿔서 다른 사람으로 둔갑시켰을까? 그건 아마 정민호의 사고에 정수호가 연관되어 있기 때문일 거야. 정진욱의 입장에서는 두 아들을 잃을 수 없으니까. 사고의 고의성이 인정되면 못해도 30년형이야. 실명으로 보도되는 건 물론이고, 그러니까 다시 도망치듯 한국으로 들어왔지. 하지만 아버지의 바람처럼 잠자코 몸을 숙이고 살기에는 만족스럽지 않았을 거야. 그러니까 이런 도박을 했겠지. 5년 전 강남 일대에서 네가 저지른 사고를 처리해 줬던 구 동암 종합 건설 직원이자 동명여고 교사인 이승구를 딸 이지원을 이용해서 제거하고, 동생 정민호의 유일한 친구였던 염희정을 성폭력 사건과 연루시켜서 치워버렸어. 그리고 내내 네 얼굴 노릇을 해 줬던 가짜 찰리 최이강도 널 의심하니까 남의 손을 빌려서 교묘하게 덫을 놨잖아. 아니야?"

연우의 말을 듣던 정수호가 비꼬며 말했다.

"상상력이 풍부하시네요?"

"아직 안 끝났어. 제일 중요한 사람이 남았잖아? 다른 사람들은 비슷한 외모에 정수호, 정민호를 헷갈릴 수 있어도 단 한 사람은 그럴 수 없지. 널 낳아주신 부모님. 네 아버지! 너희 아버지 정진욱 씨 위에서 처방받지 않은 수면제가 검출되어도 네가 그렇게 뻔뻔할 수 있을까?"

연우가 수면제 이야기를 꺼내자 정수호의 얼굴 한쪽이 굳어졌다. 그때, 연우의 휴대 전화에 메시지 알람이 울렸다. 준배였다. 내용을 확인한 연우가 살짝 미소 지으며 정수호를 보았다.

"축하해. 아버지는 생명에 지장이 없으시단다. 계속 얄팍하게 머리 굴려야겠다. 근데 어쩌지? 네가 아무리 큰 그림을 그려도 내가 구겨 버릴 거야. 반드시."

연우는 파일집을 정수호를 향해 밀고 자리에서 일어섰다. 정수호는 천천히 파일집 안의 내용물을 확인했다. 그 안에는 이승구가 정수호의 신분 세탁을 빌미로 정진욱을 협박하며 돈을 요구한 녹취 기록, 2009년 정수호의 치과 검진 기록, 2014년과 2019년에 을지로 심야 병원 CCTV에 찍힌 정수호 사진 등이 들어있었다. 정수호는 제 분을 못 이기며 책상을 주먹으로 내려쳤다.

박 팀장이 심문실 옆 유리창을 통해 정수호를 지켜보고 있을 때, 연우가 들어왔다.

"쟤한테 뭘 보여줬길래 저렇게 열을 내는 거야? 쟤가 진짜 정수호라는 거 입증할 수 있어?"

"국과수 최 박사가 그러더라고요. 지문보다 선명한 게 치열이래요. 다행히 정수호, 정민호 모두 치과 기록이 남아 있었어요. 엑스레이 보관이 법적으로 5년인데 큰 병원이라 자체적으로 10년 동안 보관했더라고요. 아마 쟤도 그 부분은 계산을 못 했겠죠."

"어떻게 쟤인 줄 안 거야?"

"팀장님이 저한테 그러셨잖아요. 가장 많은 이득을 보는 사람이 용의자라고."

연우는 박 팀장에게 무언가 할 말이 있는 듯 망설이다 고개 숙여 인사한 뒤 회의실을 빠져나왔다.

* * *

한 달 후, 사립 재단 이사장 정진욱이 장남과 차남의 신분을 뒤바꾼 사건은 '삐뚤어진 부정'이라는 제목으로 시사 주간지에 대서특필되었다. '탐사 전문 기자'의 오랜 취재라는 설명이 붙었지만, 연우는 기사의 소스가 누구로부터 나왔는지 짐작할 수 있었다.

정수호는 신종 마약을 밀반입하고 유통한 혐의로 구속되었다. 이승구의 살인 교사를 적용시키기에는 이지원이 공범이라는 사실을 밝혀야 했고, 최이강의 사고 역시 직접적인 연관을 짓기에는 무리였다. 연우는 이승구와 최이강 관련 서류와 증거 자료를 책상 서랍 깊숙이 넣고 열쇠로 잠가 채웠다.

전화벨이 짧게 두 번 울렸다. 연우는 이종한 서장의 사무실로 향했다.

"정진욱은 정수호에게 로펌 변호사를 붙이긴 했지만, 면회는 하지 않는다지?"

"네. 그렇게 들었습니다."

"아무리 아들이래도 제 목을 조르는데 섬뜩하겠지. 자네는 그 뒤로 정수호 만난 적 있나?"

"오늘 오후에 첫 재판이 있어서 가 볼 생각입니다."

"참, 박창민 팀장은 오늘부로 파면 조치 됐네."

박 팀장이 결근한 지 벌써 이 주일이 넘고 있었다.

"지난 5년간 받아 챙긴 돈이 2억이 넘더군. 국내 계좌는 꼬리가 잡힐까 봐 외국에 있는 와이프 명의로 해외 송금까지 받는 성의를 보였지만 너무 나댔지. 내가 지켜보고 있다는 걸 뻔히 알면서도 5년 전처럼 정진욱에게 용돈 받으면서 심부름꾼 노릇을 하면 되나? 그걸 약삭빠른 박창민이가 몰랐겠어? 그래도 제 버릇

개 못 주는 거지. 자네도 알고 있었잖아, 박창민이 뒷돈 받는 거."

"……의심하고 있었습니다."

연우 역시 정진욱의 외국 계좌 거래 내역을 조사한 적이 있었다.

"혹시 그것 말고 또 혼자만 가지고 있는 의심들이 있나?"

연우는 이승구와 최이강 사건에 대한 생각을 들킨 듯 당황했다. 이 서장은 그런 연우를 보고 예상했다는 표정을 지으며 말했다.

"누구나 비밀은 있는 법이지. 그게 나를 지키기 위함이냐, 타인을 지키기 위함이냐에 따라 다르겠지만."

"……처음부터 의심을 가지고 저희 세 사람으로 팀을 꾸리신 겁니까?"

"겸사겸사였지. 시대적 흐름으로 사회적 약자를 위한 수사팀을 요구하잖아. 또 죄책감에 괴로워하면서 세상 떠난 내 오랜 친구가 늘 마음에 걸렸으니까."

"처음에는 찰리가 계획한 범죄 속에서 스스로 허우적거리고 있다고 느꼈습니다. 그런데 지금 돌이켜보면 저는 서장님이 짜놓은 판 위에서 움직이는 장기 말이었던 것 같습니다."

"재미있군. 하지만 그 이상이었어. 난 자네가 기수 정도는 해줬다고 생각하네."

똑똑. 노크 소리가 들렸다. 이 서장은 누가 올지 아는 듯 익숙하게 답했다.

"들어와."

문을 열고 들어온 사람은 준배였다. 이 서장은 나란히 앉은 연우와 준배를 번갈아 보며 슬며시 미소 지었다.

"유연우 경위, 앞으로 서울종로경찰서 여성청소년과 수사팀의 새로운 팀장을 맡는다. 지금까지 해왔던 것처럼 원칙과 소신에 의거해 경찰에 명예를 잃지 않도록 한다. 전준배 순경은 유연우 경위를 도와서 사건 해결에 자기 몫을 해내도록 하고. 충원 1인은 팀장 재량으로. 이상. 질문 있나?"

갑작스러운 상황에 어안이 벙벙한 연우와 준배는 서로의 얼굴만 쳐다볼 뿐이었다.

"용건 끝. 나가 봐."

* * *

정수호는 5년 전 강남 일대 마약 유통과 관련하여 마약류 관리법 위반으로 입건되어 재판을 받았다. 연우는 방청석을 둘러봤지만, 정진욱은 보이지 않았다. 그리고 담당 검사로부터 병원 VIP 병동에 입원했다는 말을 전해 들었다.

검사 측에서 증인 신청한 한소영 또한 법원 증인 출석을 거부한 상황이었다. 재판 내내 정수호는 '정민호' 이름으로 만든 주민

등록증과 등록한 지문을 근거로 자신이 정민호라고 주장하였다.

예상했던 흐름이었다. 정진욱과 가짜 '정민호'는 한국에 남은 정수호의 흔적을 지우기 위해 뒷돈을 주고 경찰의 도움까지 받았지만, 마지막 하나는 미처 생각하지 못했다. 바로 미국 유학 비자 인터뷰 당시 날인한 지문 데이터였다.

연우는 주한 미국 대사관에 정수호와 정민호의 학생 비자 F-1 인터뷰 내역을 확인하고, 당시 날인한 지문 데이터를 넘겨받아 검찰 측에 넘겼다. 검찰에서는 5년 전 정수호가 유학 비자 인터뷰 당시 지문 날인했던 자료를 통해 정수호 본인이라는 사실을 증명했다.

"피고인 정수호는 단순 투약이 아닌 판매를 했으며, 더욱이 보호받아야 할 미성년자를 상대로 판매하였다. 또한, 지능적이고 계획적인 범행으로 도주했고, 국가 사법기관의 업무를 방해해 공권력이 낭비되게 하였다. 이에 징역 5년을 선고한다."

법원을 나오던 준배는 한숨을 쉬며 말했다.

"징역 5년은 너무 짧은 거 아닌가요? 그나마 그것도 못 살겠다고 상고하겠죠?"

"당연히 그러겠지."

"동생 신분까지 훔쳐서 살았으면 개과천선하고 살아야지……

정말 안 들킬 줄 알았을까…….”

준배의 혼잣말에 연우가 작게 웃으며 물었다.

“사람이 변할 수 있다는 걸 믿어?”

“네? 아…… 전 믿습니다.”

“난 안 믿어. 다음 재판 때 와서 봐봐. 이제 과거 부모의 학대 때문에 불행했던 유년기를 보냈다고 눈물 질질 짜겠지. 범죄의 유전자는 쉽게 지워지지 않아. 오히려 진화하지.”

범죄의 유전자. 정수호가 퍼트린 범죄의 유전자는 이지원, 한소영, 최이강뿐 아니라 보이지 않는 아이들의 머리와 입과 손에 달라붙어 있을 것이다. 자신도 모르는 사이에 괴물이 된 아이. 이지원을 지키기 위해 함구한 진실들. 어쩌면 나는 지금의 선택을 후회할지도 모른다.

연우는 휴대 전화 전화번호부에서 ‘박창민’을 찾아 통화 버튼을 눌렀다. 하지만 없는 번호라는 기계음이 반복되었다.

“와, 선배님! 눈 엄청 많이 내립니다!”

흰 눈발이 날렸다. 법원 계단부터 도로, 그 너머 세상 가득 눈으로 하얗게 덮여 있었다. 어쩌면 지금 우리가 사는 세상도 지금과 같을지도 모른다. 눈이 사방에 드리워져 사람의 눈을 가리는 것. 경찰로 사는 건 눈이 반 즈음 녹은 진창에 엎드린 채 손을 헤집어 가며 진실을 찾는 일이다. 지금처럼, 내 손을 더럽히며.

언더에이지

2021년 2월 2일 **초판 1쇄 발행**

지 은 이 문현경
펴 낸 이 김선민
표　　지 urbook
편　　집 손지선
디 자 인 주아르
펴 낸 곳 STOREHOUSE(스토어하우스)
출판신고 2019년 12월 30일 제307-2019-89호
주　　소 서울특별시 성북구 월곡로 14길 26, 109-1904
전　　화 010-5501-1577
팩　　스 070-7966-1577
이 메 일 ksmsolo@naver.com　　**인스타그램** storehouse_books

I S B N 979-11-90912-17-4
979-11-90912-13-6(세트)